O Mendigo e a Rosa

Editora Appris Ltda.
1.ª Edição - Copyright© 2023 do autor
Direitos de Edição Reservados à Editora Appris Ltda.

Nenhuma parte desta obra poderá ser utilizada indevidamente, sem estar de acordo com a Lei nº 9.610/98. Se incorreções forem encontradas, serão de exclusiva responsabilidade de seus organizadores. Foi realizado o Depósito Legal na Fundação Biblioteca Nacional, de acordo com as Leis nos 10.994, de 14/12/2004, e 12.192, de 14/01/2010.

Catalogação na Fonte
Elaborado por: Josefina A. S. Guedes
Bibliotecária CRB 9/870

F224m 2023	Faria, Ademir O mendigo e a rosa / Ademir Faria. - 1. ed. - Curitiba : Appris, 2023. 131 p. ; 21 cm. Inclui referências. ISBN 978-65-250-4163-6 1. Contos brasileiros. 2. Humanidade. I. Título. CDD – 869.3

Appris
editora

Editora e Livraria Appris Ltda.
Av. Manoel Ribas, 2265 – Mercês
Curitiba/PR – CEP: 80810-002
Tel. (41) 3156 - 4731
www.editoraappris.com.br

Printed in Brazil
Impresso no Brasil

Ademir Faria

O Mendigo e a Rosa

FICHA TÉCNICA

EDITORIAL	Augusto V. de A. Coelho
	Sara C. de Andrade Coelho
COMITÊ EDITORIAL	Marli Caetano
	Andréa Barbosa Gouveia - UFPR
	Edmeire C. Pereira - UFPR
	Iraneide da Silva - UFC
	Jacques de Lima Ferreira - UP
SUPERVISOR DA PRODUÇÃO	Renata Cristina Lopes Miccelli
PRODUÇÃO EDITORIAL	Nicolas da Silva Alves
REVISÃO	Simone Ceré
	José A. Ramos Junior
DIAGRAMAÇÃO	Bruno Ferreira Nascimento
CAPA	João Vitor Oliveira dos Anjos

A todos os mendigos que sonham com um belo amanhecer.

Agradecimentos

Agradeço aos meus irmãos, Arlene, Leila, Arildo, Saulo e Bernadete; a meus filhos, Apoena e Ariatã Faria; aos meus netos, Cauê, Liana e Leonor Faria; e a minha esposa, Célia, os quais ficaram empolgados em saber que estas histórias, contadas por muitos, agora foram escritas para eles se divertirem.

Sumário

O Mendigo e a Rosa 11

Ararinha-azul 15

Hoje eu vou morrer 25

Madrugada fria 39

Dependurado 48

O circo 53

Andarilho do amor 63

O dia em que chorei 86

A vingança da viúva 93

Em águas turvas 120

O Mendigo e a Rosa

O carro de marca Mercedes parou.

Os dois homens desceram.

Em pé, na frente deles estava um homem, com uma rosa em suas mãos. Era uma rosa de pétalas muito vermelhas.

Ele admirava muito a rosa e cheirava-a a todo instante. Os dois homens que desceram do carro Mercedes não entendiam nada do que falava, ele murmurava palavras, dialogando com a rosa.

Atrás dele a casa era uma enorme mansão muito elegante de dois andares. Pintada com cores rosa e branco.

Um dos homens questionou:

— O que será que ele está falando? Será que ele está falando com alguém e nós não estamos vendo? Será que está falando com algum espírito? Será que ele tem os pensamentos normais?

— Sei lá — disse o outro.

— Pelo visto ele não é normal — disseram os dois. — Ele deve estar ruim dos miolos — concluiu um dos homens.

— Mas como!? Se ele está admirando uma das coisas mais maravilhosas e perfeitas que Deus colocou na terra, para que todos os homens e as mulheres possam admirá-la. É tão bela que se transformou no maior símbolo do amor para os corações apaixonados.

Agora ele dizia com voz um pouco mais clara, que dava para os dois escutarem, e prestaram muita atenção no que ele falava.

O homem arrancou a primeira pétala, tão vermelha que parecia com o sangue do coração de um apaixonado.

A cada pétala que arrancava, dizia algumas frases quase incompreendidas pelos dois observadores.

Cada pétala arrancada ele esfregava no seu corpo, para que absorvesse o seu perfume e sentisse a sua maciez.

Ele dizia:

— Eu quero que esta pétala se transforme no brilho das estrelas e transforme os amores incompreendidos numa luz eterna da compreensão entre esses amores.

Ele arrancava outra pétala, esfregava-a no seu corpo e continuava com os seus dizeres:

— Eu quero que seu perfume fique impregnado no meu corpo para o resto da minha vida, para que o seu cheiro faça renascer os que estão morrendo. Eu quero que esta pétala enxugue as lágrimas dos olhos e dos corações insensíveis que o fizeram chorar.

Ele arrancava outra pétala e continuava a dizer:

— Eu quero que esta pétala se transforme no amor e que possa unir as pessoas que sofrem em busca de alguém para lhes dar carinho e amor.

"Eu quero que esta pétala se transforme em um sorriso para que os lábios sorridentes encontrem com os lábios amargurados e sofridos e se transformem em alegria.

"Eu quero que esta pétala se transforme em uma longa noite de silêncio, para que eu possa dormir sossegado e não acordar durante os meus belos sonhos.

"Eu quero que esta pétala se transforme em um belo amanhecer, como um dia muito claro e cheio de felicidade, para todos os rejeitados pela pessoa que sempre amaram, que deixe o caminho livre de espinho, para que não sofram mais com muita dor.

"Eu quero que esta pétala se transforme em uma bela noite para acalentar os que têm frio, e não sufoque os que sofrem de solidão, e que os sofridos encontrem o seu amor que estava resguardado e que agora podem dar."

E assim o homem arrancou a última pétala e disse, olhando para os dois que o escutavam:

— Eu quero que esta última pétala se transforme em uma luz brilhante da verdade e da vida. Eu quero que essa luz me transforme em um lindo e pequenino colibri que possa entrar na janela da mulher amada e dar-lhe um longo beijo e um forte abraço e dizer-lhe "eu te amo" e não mais sair de perto dela.

Agora que os dois homens viram que não tinha mais nenhuma pétala em suas mãos, disseram com uma voz bem estúpida e ao mesmo tempo:

— Sai daí, seu mendigo fedorento!

— Nós precisamos coletar esse lixo. Se você não sair agora, nós vamos te jogar na caçamba da Mercedes e você vai para o lixo. Já que você é quase um lixo de ser humano e da sociedade!

— Espere um pouco! Eu vou ver se acho alguma coisa aí para eu comer, ainda não comi nada hoje.

— Aqui é lixo de gente rica, sempre quando venho catar comida aqui, eu acho alguma coisa para tirar o ronco da barriga.

— Só que hoje eu achei uma rosa e ela tocou o meu coração. Então eu me distraí com ela e assim ela me fez feliz e me propôs esse momento maravilhoso de emoção e alegria. Nesse instante eu me senti muito feliz e até me deu vontade de sair gritando pela rua.

"Eu te amo, vida!

"Eu sou muito feliz!

"Eu não tenho nada, mas também não dependo de ninguém.
"Eu sou livre! Eu sou livre!"

Em seguida ele começou a caminhar e seguiu para a frente, ele nunca voltava nos seus caminhos, sempre caminhava para frente. Ele nunca queria voltar de onde estava para não caminhar duas vezes no mesmo caminho. Ele pensava: "Se eu fizer isso estarei voltando para o meu passado", e não queria lembrar de quando era feliz, na sua casa, com a sua família, a qual abandonara.

Ararinha-azul

Um pequeno som, vindo de dentro do banheiro do seu quarto, perturbou os seus ouvidos.

— Que barulho é esse? — Perguntou Samara para sua pequenina filha, Leonor Iramaya, de pouco mais de dois meses.

A pequena Iramaya não entendia nada, apenas ouvia. Só tinha noção do escutar da voz de sua mãe e nada mais. Conhecia somente pelo cheiro. Deitadinha na cama, a mãe, que acabara de dar-lhe o banho, a enxugava.

Incomodada com a sensação de que alguém estava presente, Samara olhou para trás e de súbito deu um grito:

— Socorro! Quem é você?

— Eu sou Arapaty, vim buscar as penas de Arapaty! Essas penas são de Arapaty!

— Que penas são essas que você quer? — Perguntou Samara.

— Aquelas penas que estão ali na estante da sala entre os livros; elas foram levadas de Arapaty, lá do meu pantanal, lá da minha aldeia. Tudo lá é nosso. Por centenas de anos nosso povo vive naquelas longínquas terras. Lá já viveram os nossos maiores pajés e os grandes chefes, líderes do nosso povo. Toda ela nos pertence e tudo mais o que nela existe: as árvores, os pássaros, os rios, os peixes e os bichos. Tudo é nosso. Tudo é de Arapaty.

Nesse momento, ela tinha a visão de um Curumim, uma criança indígena toda pintadinha de vermelho-urucum e preto--carvão; o corpo estava untado de óleo de jenipapo e três penas dependuradas: uma em cada orelha e a maior amarrada nos longos cabelos negros, como a noite sem lua. Essas penas que ornavam o seu corpo eram iguaizinhas às que estavam na estante da sala, aquelas das quais reclamava. O Curumim tinha uma carinha muito zangada. A testa estava franzida e os olhos um pouco fechados, dando a impressão de muita raiva. Em suas mãos, ele portava um arco pequeno e três flechas com penas da mesma tonalidade das ali existentes.

Num piscar de olhos ele desapareceu, permanecendo ali apenas a emanação aromática que exalou do seu corpo. Era um cheiro agradável e bem característico dos bálsamos usados por seu povo.

Assustada no quarto de sua casa, ela tremia de medo pelo fato de não acreditar no que viu. Para ela nada daquilo existia, não fazia sentido.

— Meu Deus! Louvado seja Nosso Senhor Jesus Cristo! Eu vi! Tudo era perfeito; era como se estivesse vivo em carne e osso ao meu lado. Ele era muito bonitinho, ainda uma criança.

Ela dizia num tom de voz não muito alto, para não afetar os ouvidos da neném.

— Por que apareceu esse curuminzinho aqui em casa? Que sentido faz isso? Que mensagem ele quer me transmitir? Que valor têm essas três penas para nós? Ele veio reclamar só isso, então para ele deve ter muito valor. Como ele conseguiu encontrar a nossa casa que é tão longe, em Brasília. Para ele é tão distante de tudo? Bem, isso eu tenho que saber! Essas interrogações têm que ser respondidas.

#

A fazenda Santa Helena está a uma distância de mais de quatrocentos quilômetros da cidade de Campo Grande, capital de Mato Grosso do Sul. Para chegar até ela, toma-se a estrada com destino à cidade de Aquidauana, rumo a Corumbá.

Ela está localizada no meio do pantanal do estado, por isso as suas terras são quase todas alagadiças.

Ela é muito grande, com muitos bois, carneiros de raça, já adaptados ao calor, muitos porcos e um rebanho de cavalos para montaria, cavalos esses já treinados para as lidas do campo. A biodiversidade é bem diferenciada, razão pela qual lá se criam todos os tipos de animais domésticos.

A casa sede foi feita na parte mais alta da fazenda, e, por prevenção, construída em cima de um aterro para escapar da inundação.

Perto da casa, erguem-se enormes árvores centenárias, que já testemunharam tudo que por ali passou. Nos seus grandes troncos, dezenas de gerações de araras fizeram seus ninhos e procriaram.

Lindo era o grasnar intenso das araras no amanhecer e no ocaso do sol, quando brilhavam os seus últimos raios e elas, ao ninho, se recolhiam.

Eram aproximadamente oito horas da manhã quando Demis, Kátia e Esley caminhavam pelos arredores da casa e, ao passar pelas grandes árvores, o primeiro avistou uma linda pena em brilhantes cores: azul, verde e amarelo. Era uma pena brilhosa, longa e inteira; nada existia nela que maculasse sua beleza.

— Que pena linda é esta? Vejam! Ela está inteira, não tem uma falha — disse Demis ao apanhá-la em suas mãos. — São cores vivas, da vida livre que ela levou, enquanto estava grudada em seu corpo.

A pena ajudou a sua dona a voar pela imensidão do pantanal e das florestas, em busca de sua alimentação. Voou pelo horizonte infinito, presenciando os derradeiros traços luminosos do astro rei. Era de encher os olhos humanos, se pudessem ser vistas, como elas viram, lá do topo das grandes florestas.

— Tio, olha ali adiante têm mais duas penas, só que um pouco menores — disse Kátia. — São lindas! Leve-as também!

— Sim, vou levá-las para os meus netos: Cauê, Liana e Iramaya, filhos do Apoena — respondeu Demis a Kátia. — Será apenas uma lembrança deste lugar, isto é, da sua fazenda.

Com as três penas na mão, o avô de Cauê, Liana e Iramaya seguiu acompanhando Kátia e Esley, na pequena vistoria que faziam nesse momento, qual seja, a conferência de alguns detalhes que poderiam ser singularizados ou implementados.

O tronco da árvore era enorme. As suas raízes bastante grandes projetavam-se para fora da terra, dando a demonstração de que a sustentariam ainda por muito, mas muito tempo mesmo.

Lá no alto, na forquilha de um forte galho, duas ararinhas estavam pousadas na entrada do oco do galho, onde elas haviam construído os seus ninhos, nos quais cresciam os seus dois filhotinhos. Elas grasnavam sem parar. Estavam incomodadas com a nossa presença e não paravam de nos observar; estavam ali como se fossem as sentinelas de seu exército de apenas dois soldados, os seus dois filhotes.

Kátia, ao olhar para elas, disse:

— Tio, veja como elas são unidas! — E lhe indagou: — Você sabia que o casal fica unido para sempre e quando uma morre a outra permanece o resto da vida sozinha? Nunca mais arruma outro parceiro. Elas são monogâmicas.

Sem que Demis tivesse tempo para responder a sua pergunta, Kátia continuou:

— Eu sou igual a elas. Nunca mais quero arrumar outro marido ou parceiro. Nunca mais amarei ninguém. Vou ficar viúva para sempre igual minha mãe. Eu amei muito o meu marido; amei e o amo para sempre. As ararinhas têm razão em ser assim. Eu aprendi a conviver com a minha solidão amorosa, desde que perdi o meu Marcelo para a maldita leucemia.

Na quinta-feira da mesma semana, Demis e sua esposa regressaram para Brasília.

#

Já em Brasília, em um fim de semana, Apoena e esposa foram visitar o seu pai Demis, avô dos seus filhos. Foram mais com a intenção de levar a netinha, que ainda não sabia da vida, já que o avô não a via há mais de um mês.

Nesse dia os netos receberam as penas como presente.

— Que pena linda, vô! — disse Liana, de apenas doze anos de idade. — Com ela vou fazer um brinco e pendurar na minha orelha. Vou usá-la só na orelha esquerda, que é o lado do coração, porque eu sei que meu vô me deu com todo o amor que existe no fundo de seu coração.

Cauê, por ser o neto mais velho, recebeu a maior das três penas dizendo:

— Você vai fazer um brinco com ela? Você não tem imaginação, Liana! Ela é tão bonita e veio de tão longe. Lá de onde viveram os ancestrais do nosso pai e avô.

— Por isso é que vocês três têm nomes indígenas? — Argumentou Liana a Cauê.

— Você não percebeu ainda, menina? Dê mais valor a ela! Ela voou com a sua ararinha-dona por lugares nunca antes imaginados por nossas mentes — respondeu Cauê.

Curiosa com a resposta dada a ela, questionou Cauê:

— O que eu vou fazer com a minha então?

— Eu vou usá-la diferente do que todos vocês estão imaginando. Vou usá-la como pena de escrita. Isso mesmo, eu vou escrever com ela! Eu sei onde posso comprar o vidro de tinta para escrita. Vou relembrar quando tudo se escrevia com as penas de pássaros. — E continuou: — Eu estudei recentemente sobre História do Brasil e lá diz que a primeira carta escrita sobre o descobrimento do Brasil, para o Rei de Portugal, foi escrita com uma pena igual a esta. Eu já conferi a ponta dela, é bem fininha e compatível perfeitamente com a escrita. Se der certo, posso escrever cartas para os meus amigos e também escrever os trabalhos da minha escola. Será uma surpresa para os professores.

Para a Iramaya sobrou a menor pena. A pena que era um verde brilhoso com um pedacinho azul e na ponta de baixo quase toda amarela.

Com apenas dois meses de vida, o que ela iria fazer com a pena? Pra ela não tinha nenhum significado. Ela só sabia chorar e mamar.

— Vou pendurar esta pena no bercinho dela, como se fosse um filtro dos sonhos, para que fique bem à sua vista — disse a mãe de Iramaya —, vai ficar muito bonito. Vai chamar a atenção dela, pois a cor é bem viva.

Na visão de Samara, sua filha Iramaya aprenderá a filtrar os seus pensamentos, uma vez que ela ainda é muito novinha.

E todos foram embora felizes, após receberem os singelos presentes de seu avô Demis.

Eram apenas três penas, mas seu valor era inestimável!

Ao chegarem a sua casa, o seu pai disse:

— Me deem essas penas aqui. Elas serão guardadas na estante da sala entre estes livros de História raros e antigos. Elas terão que ficar aqui. Por que eu não sei!

Sem perceber a coincidência, esses dois livros eram sobre a História do Brasil desde o seu descobrimento. Ali estava escrito a verdadeira história dos nativos que povoavam toda a Terra Brasilis.

#

Passados alguns meses, Samara teve um sonho com aquele curuminzinho e nele teve a liberdade do espírito. Eles flutuavam por cima de uma grande floresta: a visão era maravilhosa.

Arapaty, sempre ao seu lado, pouco falava. Apenas apontava com seu dedo indicador para que olhassem lá longe, bem longe mesmo. E, ao fazer isso, ele disse:

— Lá é a aldeia de Arapaty. Pai de Arapaty é o Cacique da aldeia. Ele manda tudo lá. Arapaty vive lá.

Com isso, Samara percebeu que as penas foram levadas da aldeia de Arapaty, e essas penas seriam usadas para fazer o cocar do pai de Arapaty. Esse cocar tem o poder de proteção para o chefe e só podia ser feito nos primeiros dias da lua cheia.

De súbito, o Curumim deu um grito bem agudo e disse:

— Devolva as penas de meu paiiiii!

Nesse momento, Samara notou que ficou sozinha. Ela deu um forte grito:

— Socorrooo! Apoena, me ajudaaa!

— O que foi, Samara? Estava sonhando? — Disse Apoena.

— Levanta e vá dar de mamar para a Iramaya.

— Estou apavorada, Apoena! O curuminzinho mandou seu pai devolver as penas. Ele tem que levar lá. Essa pena é para fazer o cocar do pai de Arapaty.

— Tá bom, Samara, vou falar com meu pai.

#

Alguns dias depois, Demis retornou para Campo Grande e de lá foi até a fazenda.

Chegaram ao final da tarde e logo foi, com Kátia e Esley, fazer a devolução das penas. Elas estavam intactas, perfeitas e muito lindas, assim como saíram dali.

Kátia disse:

— Tio Demis, é bem aqui que estava a pena maior, não é?! — E apontou para o local.

— Sim. É aí mesmo! — Respondeu tio Demis.

— As outras duas estavam onde? — Questionou Kátia.

— A pequena estava ali, ao lado daquela raiz; a outra, a média, bem junto daquela pedra.

As três penas foram lançadas como se fosse uma flecha. Tio Demis lançou a maior para a sua frente, a pena planou sobre o desnível do terreno e ajudada pelo fraco vento foi parar lá longe, foi lá no campo onde a grama era bem verde, pousando suavemente e ali ficou.

O Esley lançou a pena média para a nossa direita, do lado onde tinha a pedra e também ali ficou.

A última pena, a menor de todas e a mais colorida, foi lançada pela Kátia, a nossa esquerda, e por incrível que pareça foi parar perto das raízes enormes da grande árvore, onde ela foi encontrada.

— Pronto! As penas foram devolvidas. Agora, à natureza elas pertencem.

Kátia percebeu uma leve brisa, bem fresquinha em sua suave pele, e logo pensou: "Que engraçado, não está ventando".

— Bem, vamos embora!

Ao olhar a sua frente, alguma coisa lhe chamou atenção.

— O que é aquilo ali atrás do tronco dessa grande árvore, tio?

— Onde?

— Ali, oh!

— Vi agora.

— Aquele ali é o curuminzinho. É o Arapaty, filho do Cacique, que foi o líder da tribo que existiu aqui, mas isso já foi há muito tempo. Ele é que foi cobrar as penas levadas para Brasília.

— Ele está muito bem enfeitado!

— Agora entendo tudo! Deve ser o líder da tribo. Poderá estar representando o seu pai, em alguma solenidade nativa.

— Mesmo ainda criança?

— Sim, mesmo criança!

— Seu traje é de líder mesmo.

No pescoço, ele ostentava um belo colar de sementes negras, no qual sustentava um lindo dente de onça pintada. A cabeça estava ornada com um cocar feito de penas pretas e vermelhas nas duas pontas. Bem no centro da testa, destacam-se três penas de arara, bem maior que as outras, inteirinhas e vermelhas. O seu rosto estava pintado de vermelho-urucum, havia também uma faixa de pintura bem acentuada, de orelha a orelha, passando por cima dos olhos. Nas duas faces tinha um ornamento desenhado com riscos adquirido por meio da sua longa e tradicional cultura tribal. O seu queixo também exibia um vermelho-urucum.

— Tio, isso é real? — Perguntou Kátia a Demis.

— Claro que não — respondeu. — É apenas uma visão espiritual — acrescentou, em seguida.

— Mas eu estou vendo! — Disse Kátia.

— Sim, nós somos sensitivos a esse tipo de efeito físico espiritual, por essa razão vemos.

Ali, por detrás da grande árvore, onde aparecia apenas da cintura para cima, o curuminzinho deu um passo para o lado e aparece de corpo inteiro, com o arco e as três flechas na mão, com as peninhas das ararinhas azuis.

Arapaty — com a sua mão direita portando o arco e as três flechas — colocou a mão no peito, em cima do coração e, inclinando-se duas vezes, mostrou por completo seu lindo cocar. Estava, nesse momento, apenas fazendo um ritual de agradecimento pela devolução das penas ao seu pai.

Como se fosse um raio nos olhos, desapareceu para sempre.

No final da tarde, ao escurecer, da varanda da casa vimos três ararinhas-azuis pousarem ao lado de cada pena e carregá-las em seus bicos. Assim que voaram, foram por sobre a lagoa brilhante e dali para frente seguiram rumos diferentes: a que voava no meio e carregava a pena maior, seguiu em frente, já as outras duas, cada qual seguiu para um lado.

— Quais serão os seus destinos? — Perguntou Kátia.

— Elas, Kátia, só podem voar para o infinito. Arapaty, coitado, por ser criança, age como se fosse o último dos guardiões da floresta, do seu pantanal, da sua aldeia e do seu povo, porém não percebeu ainda que está em espírito. Ele já desencarnou há muito tempo. Há muito tempo mesmo, assim como todos os seus ancestrais.

A alma do Curumim não se perdeu na imensidão do infinito, ela ficou em espírito no meio daqueles que o conheceram, daqueles que o amaram em toda a sua tribo.

Hoje eu vou morrer

O rio era caudaloso, calmo, sem grandes ondas e do seu leito subiam, em determinado local, pequenas quantidades de fumaça causadas pela evaporação de suas águas. Nessas águas correntes porém calmas, cardumes de pequeninos peixes subiam o rio e eram seguidos por peixes maiores, predadores que os faziam de alimento.

Nascia o dia.

Lá no longínquo horizonte, algumas gaivotas, taiamãs e várias andorinhas já faziam os seus voos à procura de sobras para alimentar seus filhotes. E, por detrás das verdes matas, o majestoso sol já aparecia como se fosse uma enorme bola de fogo. Surgia assim o poderoso rei da natureza, mostrando que brilharia durante todo o dia, até se pôr completamente no horizonte.

Na antiga casa, localizada na Rua Coronel Faria, na cama, o velho — que já passara por muitos janeiros — acordou e, com muita dificuldade, conseguiu virar e sentar-se. Suas juntas do corpo, já endurecidas pelo tempo, reclamavam do grande esforço. A velha cama de madeira maciça — que já atravessara muitas gerações — tinha como complemento um surrado colchão de capim. Ali, sozinho, sentado na beira da cama, apreciava figuras e paisagens pregadas nas paredes, tiradas de antigos calendários de lojas da cidade que exibiam suas propagandas. Era só para alegrar um pouco aquela visão triste, em meio à penumbra, que transmitia uma sensação de solidão e marasmo.

Nessas paredes não tinha nenhum retrato: nem de sua esposa, nem dos seus filhos quando pequenos, de netos, nem de ninguém. Era muito comovente!

Foram todos muito ingratos; cada qual seguiu o seu destino e há tempos o haviam deixado sozinho. Casaram-se e mudaram de cidade. Seguiram os seus destinos. Não recebia nenhuma visita, nem dos próprios familiares, principalmente dos netos, os quais muito amara e cobrira de carinhos quando eram bem pequenos. "Para quê? — diziam eles — Nunca vai poder nos oferecer nada, nenhum brinquedo. Ele é pobre, velho e mora numa casa mais velha ainda, suja e sem conforto. É melhor nós passarmos o dia inteiro a brincar com os colegas, do que ir naquela casa velha, já com suas paredes sem reboco, portas e janelas desmanteladas que causa até mal-estar".

A única visita que recebia era de um casal de pantaneiros, que ali tinha o seu sustento, pois recebiam mensalmente um ordenado para cuidá-lo, dar-lhe banho, limpar a casa e lavar as roupas. Tudo era feito às suas maneiras, pois o velho não tinha a quem reclamar, se alguma coisa estivesse sendo feita de errado.

Quem pagava as contas era a sua filha, que, dos seus oito filhos, era a única que não casara. Ela era muito bem financeiramente falando. Tinha um círculo de amizade muito grande, sempre oferecia jantares para pessoas da alta sociedade e nunca levava o seu velho pai. "Para quê? — Dizia ela. — Ele não entende mais nada. Não sabe mais nem conversar, esquece tudo." A visita só era feita quando tinha que pagar o salário ao humilde casal que lhe cuidava. Ela fora prefeita da cidade.

O velho sabia e sentia que sua vida estava chegando ao fim. Apenas aguardava a hora certa de ir para o campo santo. Sentia tal qual uma crisálida, esperando o momento certo para se transformar na borboleta e, quando em espírito, pudesse voar como as belíssimas revoadas dos lepidópteros, planando pelos ares.

Sua solidão era imensa: não tinha mais notícias do mundo externo, não possuía um rádio, uma televisão; vivia à obscuridade informal por completo. As únicas notícias que tinha eram noticiadas pelo casal que cuidava dele. Eram notícias que passavam de boca em boca, de pessoas de que, também, pouco ouvia e pouco sabia; ficava contente em saber que velhos amigos ainda estavam por aí proseando. Sempre gostou de discutir política; sobre isso, queria saber de tudo. Seu coração batia de alegria quando alguém perguntava por ele, sobre ele e como ele estava.

Quando isso acontecia, após um profundo silêncio, ele refletia em voz alta:

— Então eles perguntaram por mim? O Juvenal, o Raimundo e o Totozinho eram todos meus amigos. Hoje não são mais, só porque eu envelheci, empobreci e estou só e abandonado. Que amigos foram esses? Eles também estão velhos, são quase todos da minha idade, a diferença é que eles tiveram o apoio da família. Eu não! Juntos farreamos muito, quando éramos jovens.

O casal que cuidava dele sempre escutava os seus reclames e em silêncio permaneciam. Sabiam que todas as noites o velho iria ficar sozinho. Entre si combinaram que ficariam até as cinco horas da tarde e era isso o que faziam todos os dias.

Mas, antes de irem embora, tinham que preparar um leve jantar. Isso era sua obrigação de todos os dias. Depois dessa jantinha, o velho não demorava muito e ia pra cama dormir.

A noite era longa e tinha que tentar dormir, mesmo que o sono demorasse a chegar, não podia fazer nada. Não tinha ninguém para conversar, era sozinho mesmo.

Dormia.

#

Na manhã seguinte, o velho fez o que sempre fizera: acordara às cinco horas da manhã.

O velho sentou-se na cama e, ainda meio tonto de sono, escutava os passos lentos que soavam na rua: eram as senhoras beatas e idosas indo para a missa das seis horas da manhã.

Sentado ali na cama, ainda na penumbra do quarto, teve uma ideia que para ele seria a maior decisão da sua vida.

Seu pijama era velho, já bastante puído pelo tempo e uso. Não estava limpo e tinha até um mau cheiro, do suor transpirado pelas noites quentes de verão, da pequena cidade de Cáceres, cidade que margeia o lado esquerdo do rio Paraguai, rio que corta o imenso Pantanal mato-grossense.

Com muito esforço, conseguiu ficar em pé, pois suas juntas já estavam enrijecidas. Conseguiu com o apoio das duas muletas, feitas de madeira, bem rústicas e mal acabadas, pequeno presente de um velho amigo carpinteiro, mas que, para o velho, era de uma utilidade sem precedente. Quando se lembrava dele, emocionava-se e não mencionava o nome em voz alta, porque amigo que se preze deve guardá-lo para sempre, no silêncio da mente e dentro do coração.

— Ele foi meu amigo, lembrou de mim e presenteou-me nas horas mais desesperadoras da minha vida. Sem elas não daria um passo, dentro da minha própria casa.

Foi se arrastando até o banheiro; fez as suas necessidades fisiológicas, caminhou até a pia, onde pôde lavar o rosto e escovar os dentes. Contemplou aquela triste figura refletida no pedaço de espelho que fora fixado na parede, bem acima da pia.

O velho, com sua fisionomia melancólica e desgostoso da vida, observou ali o seu rosto cansado, a sua pele enrugada e com poucos cabelos emaranhados que teimavam ficar em sua cabeça. Pensou: "Eu estou sozinho, ninguém vem me visitar. Já não possuo bens materiais, apenas esta velha casa. Foi grande o meu esforço para adquiri-la e criar meus oito filhos. Eles me sugaram tudo. Trabalhei, trabalhei muito, muito mesmo, eu e a minha querida esposa, Almira, que há muito tempo já se foi. Foi muita amada por mim. Foram anos e anos de convivência maravilhosa, nós nos entendíamos muito bem, para os meus olhos ela era encantadora. Ela simplesmente fora amada por mim. Pensando bem, hoje sou a casca rugosa de uma árvore, já cumpri com o meu dever, mas o destino quer me transformar no cerne da própria árvore, isso eu não aguento mais. Agora, eu penso muito bem, vou acabar com isso, pois é":

— HOJE EU VOU MORRER! É isso mesmo... — HOJE EU VOU MORRER!...".

Como ainda era muito cedo, começou a planejar os detalhes.

Ali, diante do pedaço de espelho, no banheiro, sua fisionomia transformou-se: algumas gotas de lágrimas rolaram pelas rugas da envelhecida face. Ficou um pouquinho mais ágil, fez o que tinha de fazer, trocou a roupa (vestiu a que tinha de melhor) o mais rápido possível, dentro das suas limitações, e quando o pobre casal pantaneiro chegou para cuidá-lo, o velho já estava pronto e foi logo dizendo:

— Bem, façam o que quiserem, mas hoje me deixem em paz. Farei algo que só interessa ao meu Eu e daqui a pouco sairei e não quero pajem atrás de mim, está bem entendido?

O casal, como sempre humilde demais, cumpriu a ordem e ficou na casa fazendo o que bem entendesse, visto que, nesse dia, sabiam que seria um dia sem a presença do pobre e chato velho.

Os dois não tomaram conhecimento do que o velho iria fazer. Ficaram quietos e só o acompanharam até a porta.

O velho abriu a porta, respirou fundo, encheu o peito de coragem e deu os primeiros passos. Os primeiros passos da sua liberdade.

Já na rua, o velho sentiu a leve brisa fresquinha da manhã. Não estava mais acostumado a isso, pois perdera o hábito de andar pelas ruas da cidade; nos primeiros passos sentiu uma alegria no peito, uma liberdade infantil. Sua ideia era fixa: "Meu plano tem que funcionar! Vou até ao cemitério ver o túmulo da minha mulher, tenho certeza de que ainda sou capaz de localizá-lo".

Caminhando lentamente foi até a segunda esquina e virou à direita, na Rua Coronel José Dulce. A rua era estreita e as casas eram bem antigas, como a dele, e, a cada casa que deixava para trás, ele ainda se lembrava dos antigos moradores. A rua estava quase deserta, era cedo. Poucas crianças caminhavam, indo para a escola. O entregador de pão, que fazia as suas entregas numa bicicleta (na qual improvisara uma cesta de madeira leve, revestida de alumínio) e saía gritando:

— Padeeeiiiro! Olha o pão fresquiiinho!

E, ao passar pelo velho, disse o padeiro:

— Bom dia, seu Ronaldo!

O velho respondeu:

— Bom dia! — Em um tom seco e melancólico.

Continuou o padeiro:

— Faz muito tempo que o senhor não anda por estas bandas. O que foi?

— Não é da sua conta! Não tenho que lhe dar satisfações — rispidamente respondeu o velho.

O padeiro não falou mais nada, simplesmente continuou com o seu pregão:

— Padeeeiro! Olha o pão fresquiiinho!

Curvado sobre as duas muletas, agora caminhava sozinho na rua vazia, na quietude da sua mente.

O velho tinha o hábito de mascar fumo. Na sua previsão, levava no bolso da calça um pedaço de fumo de rolo, uma caixa de fósforos e um pouco de palha para o cigarrinho do seu consumo.

Sentindo o peso da idade que o tempo levou e o destino maltratou, o velho caminhava devagar, absorto em seus pensamentos. Já tinha andado por um bom trecho da rua. Começava a sentir o peso, pelo esforço que fazia. Os sovacos começaram a arder, devido aos atritos das muletas, e o calor começou a apertar e a queimar a sua calvície frontal, que estava muito sensível, pois há muito tempo não saía de casa e por isso não tomava sol.

Quase chegando à esquina, à sua direita, ele olhou o decadente prédio do Clube Humaitá, frequentado pela elite de outrora e que estava abandonado, começando a ruir. Nesse clube, foram realizados os mais belos bailes das debutantes, para a época; era pequeno, mas confortável. Muitos carnavais foram realizados ali. Muitos jovens tiveram ali o primeiro baile de suas vidas. O velho olhou o abandono e disse para o seu silêncio:

— Meus filhos frequentaram sempre este clube. Agora está abandonado igual a mim.

Seguindo os passos, ele chegou ao também abandonado prédio da Prefeitura. Prédio imponente para a época em que foi construído. Era na esquina onde ele viraria. O velho parou, encostou-se no baixo muro vazado do jardim do prédio e descansou um pouco, na sombra da antiga figueira, ainda existente desde o tempo em que fora construído o prédio.

Retomando a sua consciência, o velho olhava para a frente, e via a rua que viraria em seguida, à direita, e seguiria reto até o seu destino. "Agora já sei, estou aproximadamente na metade do caminho", pensou.

Nesses minutos de descanso, o velho contemplava as casas existentes nas esquinas das ruas, porque o prédio da Prefeitura era ladeado por duas ruas, e a entrada era pela rua transversal onde ele estava. Na esquina, à direita, paralela com a prefeitura, era a casa de um rico fazendeiro que tinha fazendas pantaneiras cheias de bois marruás. Era pintada de branco e azul, as janelas eram verdes, com tonalidade bem forte. As paredes e as portas de entrada eram todas trabalhadas e bem em cima da porta, lá no alto, tinham as iniciais do nome da família e a data do ano da construção. Na esquina, do outro lado, a casa era amarela e marrom claro. Ela era muito bonita, tinha um jardim (com uma fonte de água a jorrar) bem cuidado e o quintal era bem grande. Ali morava um advogado e ex-prefeito.

Na outra lateral, na esquina, existia o Cine Palácio, que por muitos anos fora o único cinema da cidade e, por isso, a única diversão. Ali, muitos casais de namorados deram os seus primeiros beijos apaixonados, no escurinho do cinema. Era só o que se podia fazer na época. Nada mais além disso.

Agora, o prédio tinha sido transformado em uma loja de venda de roupas e tecidos. Na frente da prefeitura — do outro lado da rua, na extensão do prédio —, as casas eram de moradores sem muitas posses, eram casas simples.

No seu universo interior, após relembrar e constatar tudo isso, não quis mais saber de nada: "Vou-me embora, tenho que chegar logo, ainda está um pouco longe". Seguiu, atravessou a rua e virou à direita. Essa era a rua que iria caminhar até o fim. Até o seu destino: o Cemitério.

No decorrer dessa longa jornada, suas pernas já demonstravam sinal de cansaço. O descanso na esquina não fora o suficiente. Agora não tinha outra escolha, a decisão fora tomada e ela teria que ser cumprida:

— Enfrentarei esse desafio, nem que seja concluído com muitas dores. Eu vou chegar lá. Minha Almirinha me espera há muito tempo. Logo estarei ao lado dela — disse ele.

Agora, o velho já estava na calçada do antigo Largo dos Tropeiros. Esse largo era onde os antigos tropeiros faziam descarrego dos seus produtos, os quais eram vendidos no mercado ali existente. Hoje o mercado não existe mais; transformou-se no museu da cidade e o nome do largo agora é Praça Major João Carlos, mas para ele e os antigos sempre fora Largo dos Tropeiros.

No silêncio do caminho, o velho pensava e resmungava em voz bem baixinha, só para ele escutar:

— Eu vou embora, vou sumir, vou para outro mundo, se é que ele existe, vou morrer. Agora nada é relevante, a impaciência acabará e as discussões se vão, até as alegrias e a felicidade não existirão mais. Agora o meu destino é o meu fim.

Nada lhe interessava mais por esse momento, até os prédios comerciais e os transeuntes não tinham mais sentido observar. Não ia levar nada consigo, pra que prestar atenção? Não estava despedindo de ninguém e de nada. Sabia que ali, à esquerda, era o Hospital São Luiz, lá na frente, à direita, a igreja Nossa Senhora do Perpétuo Socorro e, lá bem mais longe, a Rodoviária. Aquilo nada mais lhe interessava. Ele tinha que alcançar o seu objetivo, que era o cemitério.

Já passava das dez horas. Nessa hora, o sol escaldante maltrata muito as pessoas, inclusive a calvície do velho.

Finalmente chegara ao cemitério.

Já bastante cansado, sentou-se num banco na frente do cemitério, embaixo de uma grande e centenária figueira ali existente. Centenas de cadáveres, por suas sombras passaram, sem que lhe dessem, ao menos, um breve adeus. Agora, ela não! Para todos que por ali passavam, ela, com o auxílio do vento, lhes acenava, com suas verdes folhas, até que aqueles corpos, já inertes, desaparecessem para sempre, rumo a sua morada eterna.

Após o descanso, o velho tomara coragem. Levantou-se, olhou para todos os lados: não vira ninguém. Caminhou lentamente para dentro do cemitério. Não tinha ninguém na portaria. Ele entrou. Lágrimas escorreram dos seus olhos de pouca visão e que agora estavam espantados. Era como se fosse a primeira vez que ali estivera. De imediato lembrou-se onde estava a sua velha amada. Amaram juntos, sofreram juntos, passaram dificuldades juntos para criar os filhos, que agora o desprezam.

O velho, após caminhar alguns metros, aprumou o seu corpo, ficou bem ereto, tomou uma visão panorâmica de todo o cemitério e relembrou, por algum instante, dos vários amigos que ali já repousam há muito tempo. Ele pensou: "Agora será a minha vez. *Hoje é o meu fim. Hoje eu mooorro!*".

Reparou logo a sua entrada que ao seu redor tinham muitos túmulos, e a sua frente estava plantado o cruzeiro (feito de madeira de lei e todo trabalhado de modo artesanal), e que muitos túmulos chamavam atenção por serem bastante bonitos e que eram desconhecidos por ele. Nunca mais viera ao cemitério.

A poucos metros, à direita, ele deparou com um túmulo muito diferente. Retratava as figuras de um pastor, com um carneirinho no colo, e cujos pais, na frente, olhavam para ele.

O velho foi em frente, em direção ao túmulo de sua amada.

— Pronto, aqui está a minha amada. Agora, querida, vou passar o resto da minha existência corporal ao seu lado, vai ser hoje o meu fim e logo estarei contigo, meu amor.

O velho fez uma oração e do seu foro íntimo confessou, ao léu, tudo que podia. Isso foi dito em voz alta para, segundo ele, alcançar seu Deus, que o perdoaria. Pediu remissão de todos os seus pecados. O velho chorou muito. Ali ele podia chorar, não fazia vergonha a ninguém, pois estava sozinho.

De súbito ele disse:

— VOU ME MATAR AGORA!

Decidiu de imediato. Meteu a mão com violência no bolso e nada encontrou.

— Agora, o que eu faço? No meu bolso só tem um pedaço de fumo de rolo, uma caixa de fósforos e as palhas para eu fazer o meu cigarrinho. Meu Deeuus! Me perdoe! Eu sou um merda, quantas blasfêmias. Como não pensei nisso? Como vou me matar? Não trouxe nem o meu canivete de "picá fumo". Se tivesse trazido, eu cortaria meus pulsos e lentamente morreria. Agora tenho que pedir desculpa para minha amada e dizer que não foi desta vez. Eu voltarei! Eu voltarei!

Com certa dificuldade, ele deixou as muletas de lado e ajoelhou em cima da sepultura da amada. Rezou um Pai Nosso e, assim que terminou a reza, deitou, com todo o peso do corpo, em cima do mármore que tampava a sepultura. O mármore não era muito resistente, devido ao tempo de permanência ali. Com o seu peso, o mármore quebrou-se e o velho foi parar lá dentro do túmulo, por cima do esqueleto da sua amada. O susto foi imenso.

— Socooorro! Socooorro! — Gritava ele a todo pulmão. — Me tira daquiii!

Ninguém apareceu para retirá-lo. Nessa hora, no cemitério, não tinha mais ninguém.

— Que fedor, meu Deus!

E ao ficar em pé dentro do túmulo, retirou um pedaço do mármore e deu de cara com a caveira do esqueleto.

— Que coisa horrorosa, nunca vi nada mais feio e fedorento do que isto. Esse crânio, esse esqueleto é feio demais. Olhem os buracos dos olhos no crânio — gritou ofegante —, e o resto dos cabelos esbranquiçados; na boca ainda conserva aquela dentadura malfeita que ela usara por um bom tempo de sua vida.

Nesse instante o amor e a paixão acabaram, ficou só a feiura.

Com muito esforço, o velho conseguiu sair da sepultura. Ela não era profunda, tinha em torno de sete palmos, como diziam antigamente.

O velho deu uma última olhada para dentro daquela sepultura e blasfemou.

— Virgem Santa Maria! Misericórdia! Cruz credo! Meu Jesus Cristo, me socorra! Que horror!

Assim, com o pavor da morte, todo o seu amor pela sua Almirinha foi abalado.

— Sabe de uma coisa? Eu vou é me embora!

O velho apanhou as suas muletas e rapidamente retirou-se daquele lugar, caminhou para o portão de saída.

Chegando ao portão, deu com ele fechado. O desespero foi enorme, pois já passava de meio-dia e nessas horas o zelador fora almoçar, fechando o portão do cemitério.

— O que faço agora?

O desespero do velho agora era descomunal.

Ele olhou para a sua esquerda, onde tinha a cadeia municipal, que fazia limite com o muro do cemitério. Viu que tinha uma sepultura bem junto do muro, foi até lá e subiu nela, com muita dificuldade.

Assim que o velho subiu e colocou a cabeça por cima do muro (que não era alto), ele logo avistou a sentinela que fazia guarda na porta da delegacia. O velho estava com os poucos cabelos todos desarrumados, caídos pelos olhos, o rosto todo melado de suor e com semblante de apavorado. Ele gritou:

— Polícia, me acuda! Tira-me daqui!

O policial olhou para o muro de onde viera aquela voz. Fixou os olhos naquela coisa que aparecia ali, em cima do muro.

— Meu Deus! Socooorro! Tem um fantasma aqui, uma alma penada, uma assombração, ou será um defunto ressuscitado? É muito feio! — Realmente o velho estava feio e apavorado.

Os outros colegas vieram correndo socorrê-lo. Já com as armas em punho e gritaram:

— Quem é você? É gente ou assombração? Ou um ser do outro mundo?

— Eu sou Ronaldo Ferreira, pai da ex-prefeita da cidade.

— Pai de quem?

— De Natália, ex-prefeita da cidade.

— O senhor não é assombração, não é o capeta?

— Cruz credo!!! Eu sou gente, estou vivo. Só não consegui sair daqui porque o portão do cemitério estava fechado.

—Tá bom! Vamos tirar o senhor daí, viu, seu Ronaldo Ferreira?

Foram lá dentro, pegaram uma escada e retiraram o velho do cemitério.

Ao colocá-lo no chão, do lado de fora, perceberam que ele estava todo molhado. — Isso é água ou mijo?

— É mijo, mas eu estou é todo cagado!

— Realmente, o senhor está muito fedorento. Tem que ir para casa tomar um banho. Passe bem!

Assim que encaixou as muletas nos sovacos, partiu para sua casa, o mais rápido possível. Apertara o passo como nunca tinha feito antes. Não podia encontrar com ninguém conhecido, fedia demais.

— Agora tenho que achar outro caminho que não tenha muita gente. Esse desafio será difícil, mas a gente enfrenta agora com as dores pelo esforço, foi uma grande lição. Vou sofrer sim e que sirva de lição, para sempre.

#

O velho que nasceu na cidade conhecia tudo; viveu ali para sempre, projetou em sua mente outro caminho, ele quase nunca viajava, ia apenas para as fazendas dos parentes quando recebia um convite, e assim nunca esquecera o rumo das ruas. A volta fora rápida, o medo o atordoava, ainda estava assustado. No caminho usara o silêncio para calar as vozes do coração. Assim que relaxou um pouco, percebeu que o seu sonho de estar com a sua amada fora roubado, pelo medo, pelo fedor, pelos cabelos feios e pelos buracos na cara com uma dentadura horrenda.

"Agora que fui perceber, em meus profundos pensamentos, que a maior felicidade reside em nós mesmos, ela só é minha e de mais ninguém. Só eu sei o quanto eu fui feliz com a minha Almirinha. Agora, essa felicidade fica dentro só de mim, para sempre, ela é só minha e de mais ninguém. Matei a saudade da minha amada, para o resto da minha vida".

Em silêncio, caminhou o mais rápido possível, para a sua casa.

De repente ele refletiu:

— Estou em frente da casa de Diná. Vou dar uma passadinha na casa de minha vizinha, prima e amiga.

Chegando, chamou:

— Dináaa! Dináaa!

— O que foi, Ronaldo? Entra!

Ao entrar, logo Dona Diná, percebendo o fedor que exalava do seu corpo, perguntou:

— Que fedor é esse?

— O que aconteceu contigo, Ronaldo?

— É uma longa história, Dináaa!

Madrugada fria

O ano era 1962. Emanuel tinha doze anos de idade e acompanhava o seu pai, sempre que podia, principalmente nos períodos das férias escolares, na dura lida de tocar bois pelas estradas. Muitas das vezes cavalgava por estradas alagadas, nos tempos das chuvas, e poeirentas, nos tempos das secas do Pantanal mato-grossense.

José, pai de Emanuel, gostava de trabalhar como peão de boiadeiro, o pouco que ganhava não dava para cobrir as suas despesas. Quem bancava tudo na casa era a sua esposa, mãe de Emanuel; o pouco que ganhava só dava para ajudar nas despesas dos seus três filhos.

José foi contratado para transportar uma boiada até a fazenda de um conhecido, o Sr. Garcia, um rico fazendeiro da região, que lhe pagaria um valor razoável pelo transporte até a sua fazenda, distante mais de cem quilômetros. Esse transporte levaria uns dez dias. Nessa época ainda não transportava o gado em grandes caminhões, era feito por peões a cavalo, nas eternas estradas sem fim.

Assim que José acertou com o Sr. Garcia o transporte da pequena boiada e quatro juntas de boi de carro, ficou muito animado porque ia fazer o que sempre fez desde criança e tinha o prazer de transportar boiada, ele adorava o cheiro da terra pisada pelo gado e o cheiro transmitido pelo corpo dos animais. Era disso que José gostava.

Como não tinha como contratar um ajudante e era período de férias do seu filho Emanuel, então a alternativa era levá-lo como ajudante. Quando Emanuel ficou sabendo que seu pai iria levá-lo para a estrada tocar boi, até a fazenda do Sr. Garcia, Emanuel ficou empolgadíssimo, ia fazer o que também gostava de fazer, pois seu pai lhe ensinara desde os sete anos a dura luta de peão. Emanuel não se importava com o rigor do serviço. Era um prazer de criança, não media as consequências.

Emanuel atendeu ao chamado do seu pai e ficou contente quando ele disse:

— Meu filho, vai arrumar o seu "saco de mala" que nós vamos levar uma pequena boiada até a fazenda do Sr. Garcia. A viagem de ida vai durar uns dez dias e a volta só uns três. Tocar boiada pela estrada é coisa lenta. Você será meu peão de confiança — disse ele em tom de brincadeira.

A alegria imperava no peito do menino Emanuel, em poder viver mais uma aventura na sua vida, ainda jovem.

Em pouco tempo Emanuel pegou o "saco de mala" e começou a arrumar os pertences para essa aventura.

Sem ter muita noção da situação dos vários dias que passaria pelas estradas rurais, Emanuel não colocou no seu "saco de mala" as roupas necessárias para a proteção do sol ou frio, dos mosquitos, das mutucas e outros insetos; as poucas roupas que levou eram insuficientes. Não colocou calças compridas e camisas, também de mangas compridas. Não sabia ele que isso era coisa primordial nas circunstâncias que iria enfrentar. Além da rede e do mosquiteiro, colocou um fino cobertor que não aquecia muito. Seu pai não conferiu nada e também não o aconselhou a fazer o correto. Ele não importava com isso, achava que desde pequeno a responsabilidade era de cada um e tinha que enfrentar a dureza da vida, isso sempre ele dizia.

No outro dia foi feita a matula para os dois peões levarem. Comprou no açougue de Antônio Cutia: carne de sol, para fazer a paçoca socada ao pilão; comprou rapadura e o guaraná em bastão para ralar, isso não podia faltar de jeito nenhum. A matula ficou pronta para passar vários dias tocando a boiada na estrada. No dia seguinte os dois levantaram bem cedo, comeram o que estava pronto e tomaram rumo até a fazenda onde pegariam os bois para a viagem. Chegaram à fazenda ao final da tarde e, ao escurecer, logo após a janta, foram para a rede descansar e em pouco tempo estavam dormindo, pois tinham cavalgado o dia todo, o cansaço era imenso.

Os bois que seriam levados passaram a noite presos no curral.

O sono do pai e do filho acabou ainda na madrugada, isso por terem dormido muito cedo.

Após o esclarecimento e o acerto do valor a ser pago pelo Sr. Garcia, José e Emanuel seguiram a viagem. Foi pago com antecedência pelo fato de que, no retorno, o caminho para a cidade era outro, não passaria mais pela fazenda de onde começaram a jornada de tocar os bois pela estrada.

A viagem era lenta, pois os bois pelo caminho tinham que ir pastando aos poucos e, assim que achavam uma lagoa, paravam um pouco para eles beberem água, matando as suas sedes.

Nessas pequenas paradas nas lagoas, Emanuel penava com os ataques dos mosquitos, insetos e mutucas, pois estava de calção e camisa de manga curta e sem botinas nos pés. Ele pensou apenas no calor, quando arrumou o seu "saco de mala", não sabia que iria passar por nuvens de insetos e provavelmente frio.

Nessa viagem não tinha hora certa para se comer. Comia na hora em que a barriga roncava de fome. A matula era apenas paçoca de carne seca e rapadura, e depois bebia um pouco de água do cantil, que cada um levava amarrado numa argola, na lateral da sela.

Essa viagem tinha uma jornada certa a cada dia, pois a parada para dormir tinha que ser em um sítio ou fazenda que pudesse ceder o curral para que a boiada dormisse segura.

Para Emanuel, tudo era maravilha, era a primeira vez que andava por essas estradas, muitas delas eram apenas uma trilha para desviar das cercas dos sítios. Tudo para ele era uma novidade, ficava encantado quando via, saindo da mata e atravessando as estradas, vários pequenos animais que habitam aquelas matas. Muitos animais ele nunca tinha visto na sua curta existência de apenas doze anos de vida.

No terceiro dia de viagem, choveu muito, o sol desapareceu e a chuva só foi parar por volta das três da tarde. A viagem seguia subindo o sopé de uma comprida montanha, não muito íngreme. Não mais que de repente, a mata, que era fechada pela densidade do mato, eis que clareia sem menos esperar, e, assim, começa a descida para um campo bastante grande e cheio de pequenas lagoas. Entre essas lagoas, nas terras em volta, existiam muitos pés de palmeiras cheias de cocos maduros e bandos enormes de araras de todas as cores que faziam uma algazarra muito grande. O colorido das araras, os sons emitidos por elas combinavam com o fraco brilho do sol que caminhava para o horizonte colorindo o entardecer. No ar recendia cheiro de perfume de flores e frutas maduras nativas e a liberdade dos pássaros enchia de gratidão os seus olhos, alimentava o seu coração.

Emanuel, empolgado com tudo que via, a sua visão inexperiente o traiu. Sem menos esperar, ele olhou para uma moita não muito grande e que no centro tinha uma palmeira. Emanuel dá um grito para o seu pai:

— Pai, olha ali um jacaré subindo na palmeira.

O seu pai deu uma gargalhada muito gostosa e disse:

— Menino, onde já se viu jacaré subir em árvore, jacaré é um animal rastejante.

Isso serviu de chacota para o resto da viagem. O jacaré nada mais era do que uma folha da palmeira que estava dependurada até o chão e, com o brilho da luz do sol, alterou a tonalidade do verde da folha, ficando parecido com a tonalidade da cor do jacaré.

Esse momento Emanuel guardou em sua mente: a visão da paisagem do enorme campo com as suas lagoas, a quantidade de araras e outros pássaros, o belo entardecer, o jacaré subindo na palmeira e, o mais gostoso de tudo, o cheiro da mata e da terra molhada, isso tudo foi guardado no seu interior e se perpetuará para sempre, para o resto da sua vida.

Emanuel, montado em seu manso e velho cavalo, já estava cansado da vida e do trabalho, então veio em sua memória uma reflexão sobre esse duro trabalho que estava sendo cumprido por ele e pelo seu pai: "O trabalho duro nada mais é do que uma estrada luminosa e alegre, na direção da vitória com o bem", realmente isso estava acontecendo com o que ele vira na natureza nesse final de tarde, nessa longínqua e erma estrada.

Ao anoitecer, chegaram a uma grande fazenda onde lhes foi cedido um curral seguro para a boiada passar a noite, e ali pai e filho dormiram. Nessa noite foram convidados para jantar com todos da fazenda; para quem estava comendo somente paçoca e rapadura, esse jantar foi um manjar dos deuses nesse dia.

Nessa noite, o pai e o filho dormiram na sua rede protegida com o mosquiteiro, tiveram um sono de pedra, pelo cansaço do caminhar durante o dia inteiro, sentindo o solavanco do andar dos cavalos.

Desse pouso em diante, levaram mais dois dias até entregar a pequena boiada conferida ao capataz da fazenda do Sr. Garcia. Tudo transcorreu como Deus manda, em paz como sempre.

O descanso para o retorno foi de apenas um dia. A volta seria muito rápida, pouco mais de três dias. O ritmo era muito mais rápido, devido a não estarem tocando mais bois. Não tinha as paradas para os bois beberem água nem o lento caminhar para a pastagem. O retorno seria num trotar muito mais rápido, feliz e alegre, pois estavam voltando para casa. Emanuel estava com um prazer enorme em logo estar revendo a sua mãe e os irmãos.

Na ida, alguns dias comeram carne de sol assada, essa carne era presente dos donos dos sítios por onde passavam; os outros dias a comida era mesmo a paçoca e a rapadura, como já foi dito. Na volta para casa, o primeiro dia não tinha mais a paçoca nem a rapadura, era apenas churrasco de carne seca e nada mais. A carne foi fornecida pelo capataz da fazenda do Sr. Garcia, então era suportável comer churrasco de carne seca e gorda, só três dias.

Nesse primeiro dia de caminhada de retorno, deu para chegar ao sítio de nome "Toca Vaca", o dono do sítio era amigo do pai de Emanuel. Não foi preciso assar a sua carne de sol, foi oferecido um simples jantar, muito gostoso, feito por mãos habilidosas na cozinha.

No dia seguinte levantaram muito cedo, despediram-se de todos do sítio e seguiram viagem. A jornada desse dia seria muito puxada, eles acreditavam que daria para chegar a um sítio para pedir o pouso e dormir; por essas estradas, como eram pouco movimentadas, trafegadas somente por cavaleiros e boiadeiros, nada se cobrava. Diferente dos dias de hoje!

A cavalgada foi longa e puxada, andaram muitas léguas. Quando chegaram à noite, os dois estavam numa estrada solitária, longe de tudo. José comunicou ao filho Emanuel:

— Nós temos que descansar os animais, já caminhamos muito, temos que achar um lugar para dormir ao relento embaixo de algumas árvores.

Andaram aproximada meia légua, acharam um lugar na beira da estrada que já serviu de muitas pousadas, as sobras das fogueiras no chão denunciavam os vários pousos já feitos nesse lugar.

Nesse dia, o tempo foi aprazível pelo clima, no começo da noite a temperatura tinha diminuído um pouco, para quem conhece o calor do pantanal, qualquer queda na temperatura sente-se bastante frio.

 Ao tirar a sela, notou-se que os dois animais estavam bastante cansados, a cavalgada nesse dia fora muito puxada. Emanuel levou os dois animais para beber água numa pequena lagoa perto de onde estavam e depois caminhou até onde tinha um bom pasto e amarrou os animais em um tronco, com o tamanho do laço, para eles poderem pastar melhor. Ao retornar, Emanuel notou que o seu pai já tinha acendido o fogo e a carne seca já começava a ser assada. Não demoraria muito para estar pronta e ser saboreada com muito prazer.

 Emanuel armou a sua rede e o mosquiteiro, ele percebeu que a noite seria muito fria, devido à temperatura ter baixado no começo da noite. Emanuel notou que a sua coberta seria insuficiente para passar a madrugada sem sentir muito frio. Seu pai, ao acender o fogo, colocou uma pedra ao lado do fogo para apoiar o espeto da carne, assim pensava Emanuel. Após comerem a carne assada, os dois foram deitar, o cansaço imperava. O José pegou aquela pedra que esquentou na beira do fogo e colocou no chão embaixo da sua rede, dentro do mosquiteiro, a pedra emitiu um calor por quase toda a noite; para o José foi uma noite tranquila, pôde dormir sem sentir frio.

 Emanuel, sem experiência, não fez nada disso, deitou e enrolou-se no fino cobertor e logo começou a tremer de frio, o vento atravessava o mosquiteiro e o frio era imenso dentro da sua rede. Frio muito doído para um pantaneiro, que só vive no calor.

 Emanuel não sabia o que fazer nessa madrugada friorenta. O frio fez doer todas as suas juntas. Teve vontade de chamar o seu pai e falar para ele do tamanho frio que estava passando e não tinha roupa nem coberta suficiente. Emanuel não percebeu que poderia diminuir o frio se forrasse a rede com o pelego da sua sela, isso não passou pela sua cabeça. Ele foi até o fogo e não tinha outra pedra quente. Olhava para a rede do seu pai, só ouvia o seu ronco e nada mais. Outra solução que passou despercebida por Emanuel foi cobrir o mosquiteiro com o seu poncho de chuva, se fizesse isso impedia o vento de penetrar dentro do seu mosquiteiro.

Emanuel chorou sozinho, deitado na sua rede, tremendo de frio.

Quando seu pai acordou, Emanuel falou para ele do frio que sofrera a noite. Seu pai lhe disse:

— Como você já é quase homem tem que aprender a resolver essas situações. Você não me viu aquecer a pedra que coloquei embaixo da rede? Você tinha que fazer o mesmo que eu!

Emanuel respondeu:

— O senhor tinha que me ensinar, eu nunca passei por isso!

— *"Homem tem que sofrer para aprender!"* — disse seu pai.

— Sim — disse Emanuel e calou para sempre. Nunca mais na vida ele questionou com o seu pai.

Emanuel, ao sair da rede para pegar os cavalos, as suas juntas doíam muito, todas estava enrijecidas e principalmente os seus dedos das suas mãos não dobravam para fechar, estavam todos duros.

Emanuel teve maior dificuldade em fazer o que tinha que fazer, mesmo assim conseguiu desarmar a sua rede, selar o seu cavalo, montar e seguir a viagem. A chegada estava prevista para final da tarde e foi o que aconteceu.

Depois de uma boa caminhada, o sol começou a aparecer e com ele veio um pouco de calor. Assim, as juntas do corpo de Emanuel começaram a aquecer e a passar as dores do frio.

Aproximado meio-dia, pararam para comer o último churrasco que seria assado pela estrada e quase final da tarde os dois chegariam a casa.

A chegada foi uma alegria para todos. Fazia quase quinze dias que não se viam e para Emanuel foi uma emoção ainda maior, porque não iria passar mais frio nem ser queimado pelo sol, por não estar com as roupas adequadas. Ao primeiro momento, sua mãe viu que seu filho não estava bem, logo ela perguntou e Emanuel foi claro e decidido, contou todos os sofrimentos que passou nessa viagem de aventura.

A sua mãe conversou com seu pai dizendo:

— Como fez isso com o nosso filho? Olha o estado em que se encontra esse menino.

Seu marido disse:

— Ele já é quase homem, tem que aprender na vida. A dor e o sofrimento ensinam a todos.

— Mas ele ainda é uma criança!

— Uma criança não! Quase um homem!

Assim foi o primeiro encontro do pai com a mãe, depois de quase quinze dias fora, sem se verem.

Emanuel só depois de muitos dias foi que parou de sentir as dores do corpo, causadas por essa aventura antes do tempo, por ele ainda ser uma criança.

A partir dessa viagem, nunca mais Emanuel quis repetir outra aventura que pudesse lhe judiar tanto. Fez outras pequenas viagens com seu pai e não aceitou outros convites para tocar boi pelas estradas. Ele achou que melhor seria sentar nos bancos escolares e tentar aprender o máximo que pudesse. Isso sim levaria a um futuro melhor. Poderia passar algumas madrugadas em claro estudando, mas era sem sofrimento, pois estava dentro da sua casa, sentado em uma mesa de estudo, abrindo a sua mente para um futuro promissor, com ajuda do seu Deus protetor.

Dependurado

As duas senhoras de certa idade caminhavam de braços dados e com os passos firmes, pisares fortes, os quais faziam ouvir o som dos saltos, os "toc" dos seus sapatos, do outro lado da rua. Elas caminhavam na calçada da praça a caminho da igreja, para assistirem a missa das seis horas da manhã. Ainda ventava a leve brisa do final da madrugada. Elas iam conversando a respeito do barulho que foi essa noite de São João, muitos foram os morteiros atirados aos ares, para comemorar o dia festivo. Na frente do clube acenderam uma grande fogueira e o som alto das músicas atrapalhou a todos. A festa foi muito animada, comemorada com a famosa dança folclórica das quadrilhas, animadas pelos casais que gostam dessa dança, representando os caipiras que fazem as suas festas também, nas suas fazendas.

— É, minha filha — disse uma para outra —, eu não consegui dormir direito essa noite. Mas seja o que Deus quiser, vou tirar um cochilo na parte da tarde, vou recuperar o meu soninho perdido.

Chegando ao final da calçada, no término da praça, elas escutam o piado de uma coruja, que estava pousada no braço direito do Cristo pregado na cruz afixado bem na esquina da praça. As duas ainda caminhavam de braços dados, por isso, não se intimidaram.

— Cruz credo, meu Senhor, eu não gosto de ouvir o chirriar de coruja, dizem que se ouvir é um mau presságio e diz que ela transmite a morte e que alguém da família pode vir a morrer.

Elas não olharam de imediato para a cruz onde pousava a coruja. A cruz ainda estava sem muita visibilidade devido aos galhos da grande figueira que quase a encobriam. Essa cruz tem afixada nela o corpo de Nosso Senhor Jesus Cristo, esculpido em madeira.

Ao caminhar um pouco, já no meio da rua, a coruja dá outro chirriado mais forte, um "huuuu", e aí as duas se preocuparam e olharam para trás e viram algo parecido com um corpo balançando, dependurado no braço esquerdo do Cristo. Elas não se preocuparam, sabiam que aquilo era uma brincadeira, era um espantalho, um bruxo que algum engraçadinho dependurara ali para assustar os transeuntes da noite. Era noite de São João.

— É só uma brincadeirinha, nada mais! Vamos para a nossa Santa Missa e esqueçamos o mau agouro da coruja.

Ana Maria deu uma segunda olhada para o espantalho e percebeu que aquilo parecia mesmo muito com o corpo de um homem, ali dependurado.

No seu segundo olhar, percebeu que a coruja piou novamente, olhando para as duas, que ainda não estavam tão longe.

Ela interrogou a Glória falando:

— Glória, repare bem aquilo lá, parece mesmo corpo de uma pessoa.

— Eu não vou olhar! Se eu olhar, vou ficar apavorada e posso até seguir correndo para a igreja de medo! Eu não posso chegar à igreja com muito medo. Tenho que rezar em paz!

— Esqueça tudo isso, Ana Maria, vamos é rezar em paz!

No restante do caminho até a igreja, elas não encontraram ninguém. A igreja Nossa Senhora das Graças, ao entrarem, já estava quase cheia dos fiéis. Lá elas fizeram as suas preces com muita fé e devoção aos seus santos prediletos e cada uma rezou o seu terço em silêncio, só para si.

Para elas, aquela imagem daquele boneco em forma de corpo humano, não saía das suas cabeças.

Ao terminar a missa, elas combinaram em rezar três pai-nossos e três ave-marias, de joelhos, para aquele corpo dependurado, caso fosse de uma pessoa.

Após essa reza em louvor àquele provável corpo, elas levantaram e foram embora. O caminho era o mesmo que fizeram na ida. Só que agora a rua não era mais silenciosa. Já havia uma aglomeração na esquina da praça. Elas logo desconfiaram que fosse algo relacionado com aquele espantalho dependurado na cruz.

Na realidade aquele fantoche, aquele espantalho, não era o que pensaram, era mesmo o corpo de um jovem rapaz.

Ao se aproximarem, elas se comunicaram perante os curiosos, que elas passaram bem cedo por aquele lugar e viram aquilo dependurado, mas não suspeitaram de que fosse algo tão sério. Ana Maria ainda lembrou que no braço direito da cruz tinha uma coruja que piava, na hora que elas passaram. Era uma enorme da coruja bem negra e com dois chifres de pena, cobrindo os seus ouvidos.

Ana Maria disse:

— Viu como é verdade que a coruja traz mau agouro. Ficou comprovado aqui hoje, nessa fim de madrugada, início da manhã. Eu tive um pouco de medo!

Em um tempo não muito longo chegou o carro da polícia para retirar aquele corpo dependurado, que estava em um estado horrível, pois, no momento do enforcamento, romperam os seus vasos sanguíneos, escorreu sangue pelo nariz, ouvido e o canto da boca, o seu rosto estava completamente desfigurado, roxo e todo inchado, transmitia uma imagem horripilante.

Católicas e seguidoras aos dizeres bíblicos, Ana Maria confabula:

— Sabe, Glória, a vida carrega os sofrimentos e dores no corpo, isso deve ser evitado por todos aqueles que têm fé em Deus. A nossa vida aqui na terra deve ser uma conquista e não uma perda. A vida aqui é muito curta, para todos. Todos devem ter a consciência de si mesmos.

— O que será que levou esse jovem a tirar a sua própria vida? Será que foi tédio, desespero, depressão ou pouca fé?

— O homem não pode dispor da sua própria vida, o louco que se mata não sabe o que faz!

— Ainda na missa, o padre citou os Dez Mandamentos da lei de Deus e esclareceu o sexto mandamento que diz: NÃO MATARÁS!

#

Após a retirada do corpo, a Polícia da cidade levou o corpo para o IML fazer a sua identificação.

Para surpresa de todos e dos policiais, o corpo era do jovem Franco, que era proprietário, em sociedade com o seu amigo Santiago, de uma lanchonete do outro lado da rua.

Dia após dia, vivia em companhia de seu amigo Santiago. Eram dois excelentes amigos e muitos prestativos um com o outro. Os dois tinham vinte e sete anos de idade. Eram proprietários da lanchonete que vendia salgadinhos e sucos. A lanchonete era localizada bem em frente à cruz, do outro lado da rua, e era bastante procurada e frequentada pelos amantes desse tipo de lanches, que eram feitos no capricho para agradar a todos.

Os dois trabalhavam a sós. Não tinham nenhum funcionário para ajudá-los. Eram autônomos.

Vieram os dois para a cidade, a qual chamavam de a "Cidade Porta do Céu", e assim eles passaram a dizer que eles moravam felizes mesmo na "Cidade Porta do Céu".

Na investigação descobriu-se que Santiago, havia mais de uma semana, não morava mais na Cidade. Tomou o seu destino em rumo ignorado.

Será que isso foi o motivo da sua fraqueza em cometer o suicídio?

Pobre Alma!

O circo

A notícia se espalhou por toda a pequena cidade de Cáceres. Era uma notícia que mexeria e maravilharia a imaginação de todos os moradores da cidade. Iria embelezar e encher os olhos com os coloridos que há tempo não se viam. Estava chegando um grande circo!

Quando começaram a descarregar as lonas do circo e os quadrados das jaulas dos grandes animais que possuíam, dava para se ter uma ideia, pelo volume das lonas, que o tamanho do circo realmente era grande para aquela pequena cidade.

Na frente vieram três grandes caminhões carregados com a parte principal do enorme circo, até então nunca visto na cidade. Eram as lonas que cobriam os espaços das arquibancadas para o público e o picadeiro para as apresentações. Sempre foi assim, essas partes vinham à frente um dia antes. O circo tinha vários animais nunca vistos na cidade. A carroceria dos carros com os animais era coberta para evitar que curiosos e crianças tocassem nas feras e causassem um acidente. Por isso, as lonas sempre chegavam à frente, até porque, sem demora, os trabalhadores começavam a montar parte dela, que era para os outros trabalhadores armarem embaixo e ao lado as suas barracas para passar essa primeira noite. Como em um circo tudo é muito rápido, em três dias tudo estavam pronto, inclusive os cercados com as grades para os animais.

Assim os animais ficavam resguardados das vistas dos curiosos, que ficavam bisbilhotando tudo que se montava no espaço da praça. Essa preocupação era válida, para impedir que curiosos se encostassem nas grades das grandes feras: os leões, os tigres, as panteras negras, as zebras, os cavalos, os dromedários, as quantidades de belos cachorrinhos peludos, desconhecidos por todos da cidade. Os cachorros da cidade eram quase todos para caça, eram muitos rústicos, eram feios e maltratados na maioria. Não existiam "cachorrinhos de madame" como aqueles. Todos os curiosos notaram que, entre os animais, não tinha elefante nem girafa. Os meninos que iam olhar os bichos pelos buracos das lonas, diziam que o elefante era muito pesado e a girafa tinha o pescoço muito comprido, não dava para andar com ela nas estradas e dentro da cidade.

Os proprietários e as estrelas dos espetáculos vieram uma semana antes e se hospedaram nos humildes hotéis da cidade, na realidade tinham que vir na frente para providenciar as autorizações combinadas com antecedência na Prefeitura da cidade.

Na Praça Duque de Caxias, foi onde o circo se instalou. Essa praça sempre recebia todos os circos que passavam pela cidade. Este local tinha uma situação privilegiada, era no centro da cidade e perto de tudo.

Em três dias, o circo ficou montado, pronto para a inauguração no sábado, às vinte horas.

O nome do circo era "CIRCO ARIAM" — SÓ PRODUZ GRANDES ESPETÁCULOS. A frente e a entrada eram bastante coloridas. Diversos eram os desenhos dos seus animais, dos palhaços e dos trapezistas. Os caminhões e os carros menores eram coloridos e estampados com o nome do "CIRCO ARIAM". As duas bilheterias eram pintadas com notas de dinheiro de diversas nacionalidades. Isso era para dizer que poderia comprar o ingresso com dinheiro de qualquer país.

A inauguração seria no sábado. Quando foi na sexta-feira à tarde, um caminhão com um trapézio e a trapezista, um palhaço, um ciclista numa bicicleta bem alta de uma roda só e outro carro com um homem vestido de Rei com a Rainha ao lado, tinha um casal de anões muito engraçados, ao lado do casal real. Eles eram engraçados porque interagiam com as crianças e o público da rua, fazendo brincadeiras com todos. Era uma pequena demonstração da temática do circo.

Esse circo foi o primeiro que fez uma apresentação na rua, como forma de propaganda, um dia antes da inauguração, fazendo assim a maior divulgação dos seus espetáculos ao público da cidade, nunca tinha acontecido isso com os outros circos que passaram pela cidade em tempos anteriores.

O início do desfile pela cidade foi às dezesseis horas, devido ao sol estar menos quente.

Desde a saída da praça onde estava instalado o circo, a aglomeração do público era muito grande, inclusive a quantidade de garotos que logo se identificaram com o palhaço. O palhaço queria isso mesmo, muitas crianças, para poder fazer as suas brincadeiras.

Na saída do "desfile propaganda", o grupo seguiu pela Rua Coronel Faria e foi até a Praça Barão do Rio Branco, praça central da cidade, era o maior sucesso em ver a trapezista no trapézio fazendo os malabarismos, o ciclista com a sua comprida bicicleta de uma roda só, ia à frente de todos liberando a pista para o resto passar. O primeiro caminhão era onde se apresentava a trapezista, atrás vinha o palhaço e a turma de crianças, que ele já tinha ensinado as rimas das brincadeiras. O caminhão com o casal real vinha logo em seguida e lá atrás vinha o homem perna-de-pau, era como se estivesse cuidando do trânsito dos pouquíssimos carros da cidade.

O palhaço que vinha ao centro era o que mais atraía a atenção. Ele cantava em voz bem alta com o seu megafone improvisado, era como se fosse um funil bem grande, e com isso ele fazia a festa.

Fazia rima com o público em geral, era tudo uma brincadeira, também ia até aquelas pessoas diferentes e fazia a doação de um ingresso, para a inauguração, era um sucesso enorme. A pessoa ficava até emocionada quando recebia o ingresso. Assim a propaganda estava garantida e tinham certeza de que na inauguração o circo estaria lotado.

O palhaço continuava com as brincadeiras com inúmeras crianças e ele dizia:

— Amanhã tem espetáculo?

A criançada respondia:

— Tem sim, senhor!

— É às oito horas da noite?

— É sim, senhor!

— O ingresso é barato?

— É sim, senhor!

— E o palhaço o que é?

— É ladrão de mulher!

— Chupa, chupa, chupa! Chupa o quê, minha gente? Não é o picolé?

— Não, senhor! Chupa é o piruliiito!

Em seguida o palhaço jogava uma quantidade de caramelo para as criançadas.

— Arrocha, galera!

A criançada respondia "uhummm!".

Aí todo mundo ria muito e ele continuava:

— Eu vou ali e volta já! Vai fazer o quê? Vou mijá e tomá maracujá!

Nesse momento ele ia até a parede e fingia que urinava na parede.

Quando o palhaço via uma menina bonita na beira da calçada, ele dizia:

— Subi na árvore e desci pela rama!

A criançada respondia com grito bem alto para deixar a menina envergonhada:

— Menina bonita não mija na cama!

Depois de passar pela praça principal, o grupo se dirigiu para outras ruas onde moravam as pessoas mais humildes. Eles sabiam que eram essas pessoas que frequentavam o circo. O palhaço com o megafone chamava algumas pessoas que estavam na porta da sua casa e dava-lhe um ingresso para o dia da estreia. Em contrapartida, aquele bilhete que era doado fazia com que, em recompensa, outras pessoas comprassem ingressos para o circo. Para o contemplado não perder aquele ingresso, vários da família compravam outros ingressos e iam acompanhar a pessoa premiada, que geralmente era uma pessoa idosa. É como diz o ditado popular: "dar com uma mão e receber em dobro com a outra".

Após o público apreciar o espetáculo, todo o elenco do circo deu meia-volta e foi direto para onde estava instalado. Essa apresentação em forma de propaganda durou cerca de duas horas de espetáculo circense pelas ruas da cidade.

No sábado foi a estreia do Grande "CIRCO ARIAM" — QUE SÓ PRODUZ GRANDES ESPETÁCULOS. Na hora de abrir a bilheteria, era uma aglomeração imensa do público na frente das duas bilheterias. Ali não tinha como formar uma imensa fila, até porque o público nunca precisou enfrentar uma enorme fila, nunca ouve a necessidade. Mas, mesmo com essa aglomeração, o povo respeitava uns aos outros e não gerou nenhuma confusão porque todos se conheciam.

O circo ficou tão lotado que as cadeiras e as arquibancadas não deram conta de todo o público. O corredor em volta das cadeiras e arquibancadas ficou lotado com o público em pé, era muita gente feliz em poder estar presente na inauguração do maior circo que aparecera na cidade, até aquela data.

Teve início ao espetáculo. A primeira atração foram os grandes e perigosos animais, que fizeram as suas apresentações dentro da forte grade de proteção, armada no picadeiro.

Todos ficaram encantados com o desempenho dos ferozes animais, que aprenderam aquilo e apresentavam tudo certinho, sem errar. O público nunca tinha presenciado algo assim. Os ferozes leões e os tigres tão mansinhos naquele momento era coisa de se admirar. Os aplausos foram intensos.

Assim que terminou a apresentação com os grandes e ferozes animais, desmontaram as grades e veio a apresentação com os belos cavalos, com os seus ornamentos e fantasias muito bonitas e as capas eram todas brilhosas como eram também as roupas dos cavaleiros e das amazonas, fazendo os malabarismos em cima dos cavalos.

Agora o que encantou a todos foi a apresentação dos cachorrinhos peludinhos, até então desconhecidos para a maioria do público. As brincadeiras eram inúmeras e encantaram a todos.

As apresentações seguintes eram maravilhosas. Cada número apresentado era uma novidade para o público, como os malabaristas nos trapézios, as acrobacias, os contorcionistas, os equilibristas em cordas, em bicicleta grande e pequena de uma roda só. Agora o que encantou e causou muito riso foi o número de ilusionismo; o mágico interagia com o público, fazendo com que alguém subisse ao palco e participasse das brincadeiras. As mágicas eram engraçadas porque aquele participante era hipnotizado e, na realidade, ele não sabia que estava fazendo o público rir no seu estado hipnótico.

Os números dos palhaços eram bastante engraçados. O palhaço anão contracenava com outro palhaço bem alto, além das palhaçadas entre os dois, no fim da apresentação eles discutiam e aí partiam para uma briga simulada, e o palhaço grandão perdia a briga. O público ria muito.

Nesse primeiro dia não apresentaram o Globo da Morte. Foram mostrados vários espetáculos para divulgar o quanto era diversificado aquele "CIRCO ARIAM".

Em número de comédia e em dramaturgia, foram mostrados os melhores espetáculos que puderam montar e contracenar; fizeram muito sucesso aquelas cenas bastante coloridas e dramáticas, geralmente uma grande cena de amor.

Foi apresentado um número muito engraçado. A anã Mariana contracenava com o anão Nino e o palhaço Grandalhão, que tinha o apelido de Bigorna. O palhaço Bigorna, por ser alto, o casal de anões, nas brincadeiras das palhaçadas, batia, com um porrete de plástico e espuma pintado, diversas vezes nas suas pernas, não alcançavam outra parte do corpo para bater e ele nada sentia. Principalmente quando a anã Mariana dançava rebolando e o palhaço Bigorna queria tirar um "sarro" dela, mas o anão Nino não permitia.

A anãzinha dançava rebolando a sua bundinha, cantando:

— É show, Mariana! É show, Mariana! — E repetia.

Nesse momento o palhaço Bigorna fingia tirar um "sarro" dela e aí recebia as pancadas do anão Nino, aí simulava uma grande briga entre os dois.

A Mariana continuava a sua cantiga:

— Só dou o meu "chuchu"! — E batia na sua parte íntima feminina ao homem que tem muito "tutu", dinheiro! — Esfregando o dedo polegar com o indicador, insinuando dinheiro.

Depois de muita brincadeira, a anã cantava o seu último verso:

— É show, Mariana! É show Mariana! Vou dar o meu "chuchu" só para os homens de…

Os rapazes da plateia gritavam:

— ... de Cáaaceres.

Era só risada de toda a plateia. E assim foi dado por encerrado o número dos palhaços.

O número em seguida foi a apresentação dos trapezistas, dos malabaristas e uma contorcionista. Nesses números era de admirar as manobras que os artistas faziam. Foram apresentados movimentos que davam a impressão de que estavam desafiando a lei da gravidade, como todos diziam. Ao terminarem essas apresentações, o circo deu por encerrados os espetáculos desse primeiro dia de show.

Os comentários foram contundentes em afirmar definitivamente a excelência das apresentações, todos comentavam que nunca tinha visto tudo aquilo num único espetáculo.

Adão e Careca eram primos e muito amigos, a diferença de idade entre eles era de apenas um ano.

Já fazia uma semana que o circo estava na cidade e os dois ainda não tinham conseguido o dinheiro para pagar os dois ingressos, para eles assistirem os grandes espetáculos, segundo os seus amigos. Os dois ficavam curiosos, até que decidiram ir ao circo e tentar "furar", isto é, passar por baixo da lona e assistir ao espetáculo que tanto queria ver sem ter que pagar nada.

Combinaram que, nesse dia, os dois "furariam" e assistiriam aos espetáculos tão desejados. Era um dia de sábado, por isso o circo estaria bastante lotado.

Os dois primos chegaram ainda cedo, ficaram observando como os outros meninos faziam para "furar" e entrar no circo. Os meninos ficavam longe da lona, mas perto do público, quando de repente um menino saía correndo, levantava a lona e entrava. Nesse momento os seguranças ao redor do circo estavam distraídos ou não estava ali no momento.

Quando o Careca resolveu entrar, o seu primo Adão ficou cuidando os seguranças para ele entrar. Adão disse:

— Vai, Careca, entra! — Ele correu e entrou. Mal sabia que o segurança estava do lado de dentro do circo.

O segurança pegou o Careca pela orelha, deu-lhe um puxão na sua orelha e tirou-o do circo, metendo-lhe um pé na bunda que ele foi parar a uns dois metros de distância, tropeçando nas suas próprias pernas.

— Não volte mais aqui seu moleque sem-vergonha.

Adão ficou assustado e não tentou mais essa aventura. Os dois foram para casa rindo muito.

Os dois primos tiveram então uma brilhante ideia para poder assistir, pelo menos uma vez, àqueles espetáculos tão falados.

Os dois conseguiram dinheiro no valor de um ingresso. Depois de todo público entrar, os dois humildemente chegaram ao senhor da portaria e convenceram-no a deixar que eles entrassem pagando apenas uma entrada:

— É só esse dinheiro que temos! O senhor vai deixar nos dois entrarmos ou não?

— Ok! Me dá aqui o dinheiro e podem entrar.

O homem da portaria concluiu:

— Assim é que faz criança que tem personalidade, entenderam? Sejam homens de bem quando crescerem!

Os dois entraram e logo sentaram nas primeiras arquibancadas da entrada e observaram tudo que tiveram direito. Riam de todas aquelas piadas antigas, repetidas por quase todos os circos. Para eles dois, tudo era novidade.

#

Após vários dias de apresentação e muito sucesso, chegou o dia da despedida. O último dia de apresentação foi a preço promocional, tudo pela metade do preço. Mais uma vez, o circo superlotou.

Nesse último espetáculo foi dito pelo apresentador que o nome do "CIRCO ARIAM", esse nome era em homenagem a trapezista, que era filha do dono do circo, e que na realidade é o inverso do nome da filha: MAIRA, que era uma menina muito bonita e elegante e nunca podia ter um namorado devido à permanência de pouco dias nas cidades por onde passavam para as suas apresentações.

Num desses dias de apresentação, uma conhecida que morava em frente à casa de Adão foi ao espetáculo e de repente conheceu a Maira trapezista e sem esperar tornaram-se amigas. E nesse curto período de amizade se tornaram muita amigas, foi tamanha essa amizade que a Celina resolveu seguir a amiga, indo embora com o "CIRCO ARIAM" para sempre... deixando a sua família sofrendo pela sua falta.

Pelo que se sabe, a Celina nunca mais voltou para a sua família.

Que amizade foi essa?!

Andarilho do amor

Fazia um pouco de frio.

A noite havia sido longa e eu não conseguia dormir, pois o sono não aparecia; os meus pensamentos não arredavam da minha cabeça. Eu passei quase que a noite inteira alisando a minha barriga, sentindo que a criança correspondia com os seus parcos movimentos, dentro da minha barriga. Eu pensava: "não tenho a noção de quantos meses essa criança já vive dentro de mim e entre nós dois".

Os meus pais são poloneses, e vieram para o Brasil correndo da terrível Segunda Guerra Mundial. Será que eles aceitarão essa ideia de eu ser mãe? Eu não nasci na Polônia! Eu nasci no Brasil, por isso, sou brasileira nata, por ter nascido em solo brasileiro. Aqui tem menos tradição do que lá! Será que eles aceitarão essa situação tranquilamente, sem muito rancor. Será?

Falando em voz alta, Kenia acorda o seu namorado e fala:

— Amor, como pode eu vir a ter um filho agora! Nós não temos condições financeiras de criá-lo, o que vamos fazer se nós dois trabalhamos o dia inteiro? Nós ainda nem nos casamos! Minha família ainda não sabe que eu estou grávida, e nunca ficará sabendo, porque eu não sei para onde eles se foram e eu sou filha única!

O namorado ficou surpreso em saber da gravidez e que a criança já estava mexendo na barriga em estado avançado, e falou que assumiria o filho. Mas ele é sozinho também, não sabe por onde anda a sua família, criou-se na dura sorte e longe de sua família, e essa criança que logo nascerá eles não têm condições de criá-la sem a ajuda de alguém. Ainda estão começando a vida.

— Nós trabalhamos o dia inteiro e como faremos para cuidar dessa criança? O que nós ganhamos juntos não é o suficiente para alimentar e manter um responsável cuidado com essa criança. Agora não tem como impedir essa gravidez! Temos que ter a responsabilidade de fazer com que essa criança nasce perfeita, com a melhor saúde possível, eu vou pedir ao nosso Senhor Jesus Cristo para que isso aconteça.

Os dias iam se passando e a barriga de Kenia crescia sem que ela percebesse, até que chegou o mês do nascimento da criança, era dezembro. Ela achava que pelo tamanho da barriga a criança nasceria antes do fim do ano e ela acertou.

Kenia estava muito preocupada pelo fato dela estar sozinha na cidade de Santo Ângelo, no estado do Rio Grande do Sul. Cidade que concentra muitos poloneses, que vieram para o Brasil na década de 1940. Ela foi para lá, ainda bastante jovem, para trabalhar num hotel da cidade, tinha somente dezessete anos de idade. Esse emprego foi arranjado pelo pai de uma amiga da escola. Pela situação financeira, nunca mais pôde voltar a sua cidade natal e, em pouco tempo de estada nessa cidade, recebeu uma carta da sua mãe dizendo que estava separando do seu pai. Não tinha mais condições de viver uma vida conjugal tranquila, já que há muito eles não conviviam bem, então chegou à hora de se separarem. Cada um tomará o seu rumo e viverá a sua vida feliz. Assim foi que sumiram e ninguém ficou sabendo para onde foram. Nunca mais os pais procuraram saber da única filha que tiveram na vida conjugal.

Kenia já fazia alguns anos que trabalhava como auxiliar de cozinha e com o tempo de trabalho foi promovida para arrumadeira dos quartos dos hóspedes. Ela sentiu-se realizada porque a remuneração era maior e os serviços eram mais leves do que lavar aquela quantidade de panelas, pratos, copos, taças, talheres e tudo mais que deveria ser limpo, era ela que fazia esses serviços. Nesse novo serviço ela tinha a oportunidade de ganhar algumas gorjetas, pelo bom serviço prestado aos hóspedes.

Kenia, agora com vinte e cinco anos de idade, sempre trabalhando no mesmo hotel, já estava acostumada com a rotina da vida. Ela era bastante simpática, muito bonita e solitária, fora preparada para atender bem os hóspedes que frequentavam aquele hotel. Nunca arranjou um namorado sério que durasse por muito tempo. Todos os seus namorados, o namoro foi por pouco tempo, ela tinha muito receio de arrumar um namorado que levasse à convivência e aos sentimentos mútuos; isso por ser sozinha nesse mundo de Deus. Nunca mais teve notícias de seus pais. Por um bom tempo, ela residiu num pequeno quarto cedido pelo próprio hotel, por saber que ela era sozinha na luta pela vida.

O hotel, pela necessidade, contratou um novo funcionário para ser motorista e este levaria os turistas para conhecer os pontos turísticos da cidade e faria o passeio com o qual todos ficavam maravilhados, a visita pela riqueza do passado às ruínas da Igreja de São Miguel das Missões (Os Sete Povos das Missões). Esse conjunto arquitetônico constitui um dos conjuntos arqueológicos mais importantes situado em terras brasileiras, localizado a cinquenta e sete quilômetros da cidade de Santo Ângelo.

Esse novo funcionário chamava-se Natalino.

Natalino, em poucos dias de trabalho, começou uma amizade com Kenia, na realidade foi amor à primeira vista. Logo se apaixonaram e foram morar juntos. A diferença de idade entre eles era de apenas um ano, ele era de Porto Alegre e o destino glorioso o levara para a cidade de Santo Ângelo. O trabalho e as necessidades lhe mostraram como é o sentido da vida; como deveria comportar-se nas situações em que lhe impunham respeito e educação. Natalino tinha um bom comportamento e sua educação decorreu do tempo em que trabalhou como garçom em um restaurante, em que era obrigado a tratar com delicadeza os clientes que frequentavam o lugar.

    Natalino, em um dia triste da sua vida, estava aborrecido e com um desgosto muito grande da vida, resolveu que mudaria de cidade e de profissão. Estava com 26 anos de idade, percebera que nada tinha feito de importante, até o momento na sua vida tinha um subemprego e viajara muito pouco. Foi assim que o destino o encaminhou para a cidade de Santo Ângelo, por meio do conselho de um conhecido que frequentava o restaurante onde trabalhava. Esse conhecido deu boas informações e indicou esse hotel, caso quisesse trabalhar por um tempo. Essa decisão o encaminhou para os braços de Kenia, foi obra do destino; foi obra do amor à primeira vista.

    O resultado dessa paixão foi que agora Natalino tem a responsabilidade de criar um filho, pois a Kenia está muito perto de ser mãe.

    Kenia começou a sentir as contrações do parto no dia vinte e cinco de dezembro, ainda na madrugada e logo seguiram para o hospital público da cidade e, ao amanhecer o dia, a criança veio ao mundo naquela bela manhã do dia de Natal, foi um dia cheio de alegria para os dois. Veio ao mundo um belo e forte garoto, pesando quase quatro quilos. Kenia tinha certeza de que a criança nasceria antes do fim do ano. Logo acharam que ele era parecido com a mãe. No dia seguinte, Kenia teve alto do hospital e foi para a sua humilde casa, onde já tinha um berço à espera do belo garoto, presente dos colegas de trabalho.

    O menino recebeu o nome de Natanael Alves, pelo fato de ter nascido no dia de Natal. O seu pai era Natalino por ter nascido no dia vinte de dezembro, perto do Natal. Natalino torceu para que a criança nascer no mesmo dia que ele, mas não foi contemplado com a sorte do seu pedido, o menino nasceu cinco dias depois.

Kenia recebeu uma dispensa por noventa dias do trabalho e nesses dias ela cuidou muito bem do seu filho, com todo carinho e dedicação. Ao voltar para o trabalho, percebeu que seria impossível criá-lo, devido ao seu trabalho, que consumia todo o seu tempo. Ela precisava trabalhar, pois os seus salários não eram suficientes para pagar uma pessoa que cuidasse da criança. Por um mês a sua vizinha cuidou do menino para ela, mas Kenia percebeu que era muito incômodo para a vizinha e muita preocupação para ela.

Em um dia de trabalho, quando Kenia estava arrumando o quarto, eis que entra o casal hóspede do quarto, a senhora era muito falante e muito elegante. O nome dela era Aparecida e estava de passagem, pois o casal voltava da cidade de São Miguel das Missões, para Mafra, em Santa Catarina, a sua cidade natal, foram visitar uns parentes que morava lá. Ela trabalhava como assistente social, o casal passaria dois dias hospedados para conhecer melhor a cidade e visitar sua prima que morava em Santo Ângelo. Eles conheciam a cidade só de passagem.

Foi uma alegria momentânea que lhe rendeu alguns minutos de uma boa conversa. A senhora Aparecida, nesse momento, disse para Kenia que ela trabalhava como assistente social, em Mafra.

— Puxa vida, a senhora é assistente social! — Disse Kenia. — Então a senhora poderá me ajudar com o meu filho. Eu tenho um filho com quase cinco meses de idade e não tenho como cuidar dele, devido ao meu trabalho e do meu companheiro, nós ainda não nos casamos. Somos de Porto Alegre, ele é o motorista do hotel, nos conhecemos aqui e logo fomos morar juntos e agora temos essa criança. O menino é muito bonitinho, é agarrado comigo, eu procuro dar todo o carinho possível para ele. Ele estranha quando fica com outra pessoa; com a minha amiga e vizinha que está cuidando dele provisoriamente, ele já se acostumou com ela.

— Eu estou percebendo que você ficou muito triste e sentida quando começou a falar sobre o seu filho — disse a senhora.

— Sim, eu me emociono muito quando falo dele!

— Veja bem, eu posso ajudar você, se é do seu agrado — disse a senhora Aparecida.

— Se o seu companheiro e você aceitarem, eu levo essa criança para o Orfanato "Lar das Crianças", que tem apoio da Igreja Batista, é lá em Mafra, estado de Santa Catarina. Nesse Orfanato tem tudo de bom para cuidarem do seu filho. Tem ótimas babás e o ensino é muito bom, lá as crianças estudam desde cedo.

— Está bem, eu vou falar com o meu companheiro para ver se ele aceita essa decisão e volto a falar com a senhora amanhã.

— Tudo certo. O nome do seu filho é Natanael porque ele nasceu no dia de Natal? Por isso ele ganhou esse nome. Não é isso? — Perguntou Aparecida.

— É isso mesmo! — Respondeu a Kenia.

— Eu vou esperar as suas decisões — completou a senhora Aparecida.

A Kenia, assim que se retirou do quarto, não demorou muito começou a chorar de emoção e passou o resto do dia muito triste, ela chorou muito e ficou abalada emocionalmente em pensar em entregar o seu lindo filho, cuidado com todo carinho, para ser entregue a uma casa que cuida de crianças sem pais ou abandonadas. Isso é muito doído para o meu coração.

Kenia passou o resto do dia com o seu coração magoado, pensando na situação, até ela encontrar com o seu companheiro, que tinha ido a São Miguel das Missões levar um grupo de turistas.

Quando Natalino chegou, ela esclareceu para ele a situação e explicou a proposta que a senhora fez em levar a criança para o Orfanato "Lar das Crianças", onde, segundo a senhora Aparecida, ele terá tudo que for necessário para a sua sobrevivência e ainda terá uma boa escola para ele estudar.

— É, minha querida, se for assim ele terá mais condição lá nesse Orfanato do que aqui conosco. Você e eu não temos tempo nem condições financeiras para cuidar dele e dar um bom futuro, um bom colégio para ele. Querida — continuou o pai —, lá ele terá um bom tratamento, estudará desde cedo e poderá crescer com os ensinamentos dos professores. Será diferente de nós que fomos criados a dura sorte, eu sozinho e você quase só, também. Eu concordo em entregar o menino para essa senhora, ele será bem cuidado, eu tenho certeza.

No dia em que a senhora Aparecida seguiu viagem, ela e seu marido não estavam mais sozinhos. O pequeno Natanael seguia viagem com eles. Por incrível que pareça, o garoto não estranhou a nova companhia. Viajava tranquilo como se fossem conhecidos por longos dias. Nesse mesmo dia chegaram a sua cidade e foram direto para a casa deles.

Chegando a sua casa, logo deu um banho na criança e fez uma mamadeira com o leite em pó que levara. Já era noite, não demorou muito a criança dormiu e só acordou no outro dia. O Natanael parece que sabia que tinha sido doado para viver em um Orfanato, comportava-se como se estivesse ciente da sua missão nesta vida terrena. Inconscientemente não chorava de saudade de sua mãe ou de seu pai. Agora os pais, sim, choraram muito, porque sabiam que dificilmente reencontrariam com o seu filho. No seu entendimento, a criança poderia ser encaminhada para adoção. Assim, teria um destino desconhecido.

A senhora Aparecida, antes de levar o menino para o Orfanato "Lar das Crianças", ficou com ele por uma semana na sua casa, mas ela percebeu que não tinha muita paciência com criança. Na sua vida de casada, ela não tinha sido agraciada com um filho, por isso ela não sabia dedicar um carinho maternal para o menino.

Passada essa semana, ela entregou o lindo Natanael para o Orfanato "Lar das Crianças".

O menino Natanael Alves foi recebido pela diretora do Orfanato "Lar das Crianças" com muito carinho, e logo as babás se encantaram com ele.

De imediato elas disseram:

— Essa criança tem que ser criada aqui por nós, vai estudar e vai ser gente importante quando crescer. — Assim elas imaginavam o futuro dessa criança.

Logo que pegaram a criança, de imediato a levaram para se alimentar e em seguida arrumaram um berço para ele. A babá que cuidaria dele de cara simpatizou com Natanael e dedicou-lhe um cuidado especial. Todas as babás cuidadoras ficaram impressionadas porque a criança não estranhava ninguém, parecia que estava entendendo a sua situação.

Assim, os dias iam passando e Natanael ia crescendo, e ainda com dois anos começou a frequentar as salas de aula, onde prevaleciam mais as brincadeiras com todas as outras crianças e algumas choravam. Parece que sabia que aquilo seria importante para o seu futuro. Ele não chorava.

A senhora Aparecida, que levou o menino até esse Orfanato, nunca mais apareceu por lá. Ela deve ter pensado: "Eu fiz uma boa ação e por isso o meu trabalho foi bem-feito, além disso eu fiquei uma semana com o menino. Se eu me adaptasse com a maneira de cuidar de filho, poderia adotá-lo, mas não foi o caso".

Natanael nunca foi oferecido para adoção, todos os funcionários do Orfanato "Lar das Crianças" gostavam dele. Faziam uma espécie de proteção a ele. Assim, todos os funcionários o consideravam como se fosse um membro da sua família. Apesar de ter nascido no dia de Natal, nunca seria oferecido como um presente de Papai Noel. Nenhum funcionário do Orfanato desejava isso.

Natanael, agora com cinco anos de idade, sabia e já tinha uma pequena noção do que era estudar. Ele já escrevia tudo com as letras cursivas e, por estar sempre com as babás cuidadoras e professoras, todas o incentivavam a estudar, pois era um bom aluno com essa pouca idade, ele tinha interesse em aprender.

Poucas foram às vezes em que Natanael foi passar um sábado ou um domingo fora do Orfanato "Lar das Crianças", na casa de alguma babá. Ali era o seu lar. Para ele, todas as babás eram suas tias.

O Orfanato tinha como um ato de caridade a permissão de que, aos sábados e aos domingos, os parentes ou famílias que gostassem de criança poderiam retirá-la, levando-a para sua casa, e devolver no final da tarde, poderia até ficar para dormir, mas tinham que devolvê-la até o horário combinado, no domingo.

Todos os sábados e os domingos as crianças eram obrigadas a engraxar os sapatos, tomar banho, trocar a roupa e ficar esperando, na área de recreio, os parentes, uma pessoa ou uma família que as levariam para passar o dia fora. Natanael nunca foi agraciado com uma solicitação dessas, para fazer um passeio à casa de uma família qualquer. O menino, no seu íntimo, sempre foi muito independente e solitário, gostava de brincar sozinho e, no seu subconsciente, a falta dos seus pais doía no seu coração, ele sempre soube que seus pais nunca estiveram ali naquele Orfanato. Todos sabiam que na realidade ele sentia era falta dos seus verdadeiros pais. Desde pequeno ele já tinha noção em saber o que era a solidão paternal.

Ele sempre via que determinada família vinha buscar as suas crianças e para todos era uma alegria só. Todos se realizavam naquele momento.

Natanael via aquela cena e se emocionava muito, pelo fato de nunca os seus pais ou parente virem buscá-lo para ir para a casa deles. Esse era um dos motivos de ser muito introvertido e solitário, isso ele observava ainda com os seus 5 anos de idade.

Natanael sempre gostou de estudar, isso para ele era mais que uma diversão, era uma brincadeira de bastante utilidade, ele brincava sempre com os livros, orientado pelas professoras.

Desde pequeno ele prestava atenção no que era ensinado, com sete anos de idade já sabia da sua vontade, com dez anos já pensava como seria o seu destino nesse Orfanato, pois ficou sabendo que os internos do Orfanato "Lar das Crianças", todos, ao atingirem a maioridade, tinha que deixar a Instituição. Ele, com dez anos, já pensava e interrogava a si próprio: "o que será da minha vida a partir dessa idade? Estarei sozinho, só eu e a companhia do meu Deus, do meu protetor. Após essa idade de dezoito anos, todos os internos terão que arrumar uma colocação fora do Orfanato."

Natanael sempre foi um bom aluno, correspondia a tudo que lhe era ensinado. Agora, como já estava crescido, não precisava mais vestir-se todos os sábados e domingos, com os sapatos engraxados, para esperar alguém que o levasse para passar o dia na sua casa. Com ele isso nunca aconteceu, não se sabe por que, sempre foi desprezado.

Com essa idade de dez anos, um belo dia, ele e mais dois internos maiores de quinze ano, fugiram e foram pescar no rio da cidade. Voltaram já final da tarde, e inocentemente levaram os peixes para a cozinha do Orfanato. Quando chegaram com os peixes, a cozinheira levou um susto e logo chamou a diretora para ver, pensando que estava fazendo bem em lhe mostrar. Acontece que assim que a diretora chegou e viu aquilo, deu uma tremenda bronca e perguntou quem autorizara a ir pescar. Os meninos simplesmente disseram:

— Nós fomos escondidos!

— Mas vocês dois levaram esta criança de dez anos. Olha o perigo que vocês correram. Por favor, não me aprontem outra dessas.

A partir dessa data o Natanael se apaixonou pela pescaria e tornou-se um pescador nato. Sempre cumpria a sua vontade, o seu desejo de pescar.

A vida foi passando e, agora com quinze anos, no dia do seu aniversário ele ganhou uns parabéns, cantados na área de recreio em homenagem a sua data natalina. O bolo foi um presente das professoras, que se cotizaram e compraram para fazer uma surpresa a ele. Foi uma surpresa inesperada. No momento do cantar, Natanael chorou e lembrou que não conhecia mais os seus pais, uma vez que fora encaminhado para uma instituição de caridade.

A partir desse dia, Natanael começou a pensar que não era mais criança. "De agora para frente eu tenho que pensar em uma situação para definir o meu futuro. Aqui neste Orfanato, eu só posso ficar até os meus dezoito anos. Assim que completar essa idade eu tenho que me conscientizar em arrumar um emprego para me sustentar e arrumar um local para eu morar." Essa ideia não saía mais da sua cabeça.

Por ser um bom aluno e muito estudioso, a diretoria do Orfanato resolveu encaminhá-lo para fazer vários cursos no próprio Orfanato. Os cursos eram de: datilografia, desenho industrial, eletricista, mecânico, carpintaria, e o curso que mais ele gostou foi o de encadernação de livros. Natanael percebeu que com esses cursos ele não passaria por dificuldade em arrumar um emprego. Assim sendo, poderia trabalhar em qualquer dessas profissões.

No Orfanato tinha uma pequena gráfica que era para ensinar as crianças a fazer a impressão e encadernação de pequenas historinhas escritas pelos próprios alunos. Os desenhos das historinhas era o Natanael quem fazia.

Natanael aprendeu a encadernar as pequenas historinhas escritas por eles mesmos e esse trabalho artesanal era oferecido e vendido para os visitantes do Orfanato. Os trabalhos eram bem-aceitos, eram historinhas criadas e inventadas por seus próprios méritos. Os escritos eram fatos acontecidos com eles mesmos. Os compradores em geral gostavam das criações das historinhas.

Natanael se destacou no curso de desenho, ele tinha uma vocação e aptidão para o desenho, que era até então desconhecida. Desenhava tudo o que era solicitado pelos professores com a maior facilidade. A sua aptidão era nata, não precisava de nenhuma série de requisitos necessários de determinada atividade ou função para o desenho. Encadernação passou a ser o seu trabalho favorito, pois ele gostava e fazia com muito prazer, nas horas de que dispunha livres.

Natanael, com a sua aptidão ao desenho, fazia o gosto dos colegas em desenhar algo engraçado ou que eles pediam para enviar a sua família. Com isso, ele aprimorou um pouco os seus desenhos.

Natanael agora está para completar dezoito anos, a preocupação de ter que deixar o Orfanato não saía da sua cabeça. "Esse Orfanato", ele pensava, "até o momento foi a minha casa, a minha família e a esperança de uma vida melhor, com os estudos oferecidos e adquiridos". Uma noite, deitado em sua cama veio em seus pensamentos que, "quando se age com a alma e o coração, nada é impossível, visto que tudo é determinação. Eu vou conseguir sim uma colocação para eu viver tranquilo, tenho fé em Deus. Após eu atingir os meus dezoito anos eu estarei empregado se Deus e meu protetor me ajudar."

Natanael, ainda com dezessete anos de idade, percebeu que poderia ser instrutor dos cursos que fizera. Bastaria ser maior de idade e se inscrever para fazer o teste de competência intelectual e apresentar a prova de títulos e documentos na Secretaria de Educação e, se fosse aprovado, ele passaria a ministrar as disciplinas dos cursos que fizera na sua própria Escola, que nada mais era do que a sua própria casa, onde vivera até esse momento.

Poucos dias se passaram e ele foi até a Diretoria do Orfanato e conversou com a diretora, expondo os seus ideais. Ela achou maravilhosa a ideia e disse para ele:

— Se isso acontecer, você será o primeiro aluno formado na nossa escola a ministrar aula para os seus próprios colegas. Isso será maravilhoso. Nós nos sentiremos muito honrados.

Natanael esclareceu:

— Se for contratado pela Secretaria de Educação, poderei ministrar aula de datilografia, desenho industrial e ensinar encadernação e restauração de livros. Isso tudo será muito tranquilo para mim. Eu dou conta das instruções. Eu aprendi tudo que foi ensinado, com muito carinho e dedicação, dessas disciplinas práticas.

Após Natanael fazer dezoito anos, foi feito pela Secretaria de Educação o exame para ser professor no orfanato e, por felicidade, ele se inscreveu e foi aprovado, logo escolhendo datilografia e artes industriais, para ministrar as aulas. Ele não sentiu dificuldade nas provas do exame, uma vez que sempre fora um aluno estudioso. A comemoração entre os professores foi enorme, todos o elogiaram e disseram para ele:

— Você será nosso colega de trabalho, que maravilha!

Para Natanael foi uma alegria e uma felicidade enorme, em ser aprovado na Secretaria de Educação da cidade de Mafra, em Santa Catarina, pois agora ele teria uma profissão e um salário para pagar uma pensão onde moraria por um tempo.

A diretora do Orfanato permitiu que Natanael permanecesse no Orfanato, após os seus 18 anos, até ele achar uma colocação numa pensão. Em pouco tempo, essa procura foi concluída.

De agora em diante, ele saberia o que é ser sozinho nessa vida dada por Deus. Até esse momento, ele teve os cuidados das babás, das cuidadoras e das professoras. Elas substituíram a sua família e seus pais, que nunca mais o viram, depois dos cinco meses de idade.

Quando Natanael começou a dar as suas aulas, teve muita ajuda das professoras, e, por incrível que pareça, foi muito respeitado pelos seus colegas, desde a sua apresentação pela diretora, no primeiro dia de aula como professor.

Os seus colegas, que anos viveram juntos, perceberam que poderiam chegar um dia ao local em que o seu colega chegara.

Poucos meses depois de Natanael receber os seus salários, conseguiu encontrar um ótimo quarto em uma pensão, não muito longe do Orfanato onde trabalhava.

Desde a primeira aula dada como professor, chamou muita atenção entre os seus agora colegas de profissão, pela competência das suas aulas ministradas. Natanael tinha o "dom" em ser professor. Desde pequeno todos observavam a sua seriedade com os seus estudos, em tudo que lhe foi ensinado.

Já se passara um ano de trabalho como professor de desenho industrial. Nesse Orfanato, agora só tinha ele como professor dessa matéria.

Natanael viu que, especializando-se nessa matéria, teria um campo de trabalho como professor muito amplo. Ele percebeu que tinha poucos professores que sabiam desenhar e esse "dom" de desenhar, não sabe como foi adquirido, nasceu com ele.

Natanael gostava de jogar futebol de salão; jogava nas aulas de educação física e nos finais de tarde depois das aulas, quando era aluno; agora como professor jogava em time misto com os alunos. Natanael era um dos jogadores que se destacavam na quadra.

A Prefeitura de Mafra resolveu fazer um campeonato de futebol de salão, aberto para os times da cidade, em comemoração ao aniversário do município. Natanael, com ajuda de outro professor, resolveu montar um time que disputaria esse campeonato.

O regulamento da competição era muito simples. Criaram--se dois grupos: o grupo "A" e o grupo "B", que jogariam entre si e o vencedor de cada grupo disputaria a final. Nesse jogo estaria presente o Prefeito, para entregar a taça ao vencedor do campeonato. O time do Orfanato "Lar das Crianças" teve a infelicidade de perder na decisão do grupo "B". Por isso não pode representar o Orfanato "Lar das Crianças" no dia da festa em comemoração ao aniversário da cidade.

    Natanael, agora com 19 anos, fez o seu alistamento militar. Lá ele ficou sabendo do concurso público para Academia Militar das Agulhas Negras (Aman), que seria feito na cidade paulista de Campinas. Natanael fez a inscrição para ingressar na Academia, em busca de uma melhor oportunidade de vida. Ele encararia esse concurso de coração aberto e pensou: "há no homem o livre caminho para enfrentar o desafio da vida".

    Nessa escola, ao ingressar sob o título de aluno, os jovens militares, entre os dezessete e os vinte e dois anos, realizam um curso de um ano, após o ingresso na Aman. Na academia, são desenvolvidas as atividades pertinentes ao ensino profissional do militar oficial de carreira. Natanael fez o concurso e foi aprovado. Foi uma surpresa para todos, inclusive para ele mesmo, pois o concurso é bastante difícil. Ele, na sua intuição, achou que teve muita ajuda do mentor espiritual.

    Natanael solicitou um afastamento da Secretaria de Ensino por um ano. Por lei, ele tinha o direito, pois já era aprovado em outro concurso público. Ele frequentaria a Academia por um tempo e, se gostasse, ele ficaria, senão retornaria para as salas de aula no Orfanato.

    O seu pedido foi aceito e ele foi para a Academia cursar o primeiro ano básico da Aman, que funciona na cidade fluminense de Resende.

    Natanael, assim que se apresentou em Resende, sentiu que o tratamento seria muito rígido. Logo percebeu que não ficaria ali por muito tempo e realmente isso aconteceu. Com seis meses, não aguentou as imposições autoritárias dos superiores comandantes e ter que estudar cumprindo tantos regulamentos e muitas matérias diferentes, muito difíceis. Passaram-se seis meses, ele pediu o seu desligamento da Academia. Ele desistiu de ser Oficial das Forças

Armadas. O que sobrou dessa sua passagem pela Academia foram apenas as fotografias com os colegas nos desfiles e os sons das vozes autoritárias exigindo a disciplina, aos gritos. O resto ele fez questão de esquecer.

    Natanael voltou muito feliz para onde foi criado e que lhe proporcionou o seu emprego como professor. Na academia, ao pedir o seu desligamento, os colegas disseram que ele era maluco em sair, só que eles nunca ficaram sabendo que Natanael era concursado na sua cidade.

    Agora em Mafra, a felicidade era imensa, ele nunca imaginara que sentiria falta do lugar onde foi criado. Assim, voltou a pescar e a jogar futebol de campo, só que agora foi jogar num time da cidade, se destacou em ser escalado para jogar de ponta-direita.

    Os anos se passaram e Natanael tinha uma pequena economia em reserva de dinheiro e resolveu que iria aventurar um pouco pelo Brasil. Ele começou a dizer para os colegas que iria mudar de Mafra, mas não sabia para onde. Os colegas davam os seus palpites: "vá para São Paulo, trabalhar nas indústrias", outros diziam "vá para o Rio de Janeiro, aproveitar o sol das praias" ou "para Porto Alegre, curtir um friozinho". Chegou um dia que Natanael disse para os colegas:

— Eu vou é para a Capital do Brasil, pisar nas poeiras de Brasília, eu vi uma reportagem no jornal da cidade que falava das oportunidades que a recém-criada Capital Federal do Brasil oferece. É para lá que eu vou me aventurar. Vou dar uma de andarilho em busca do seu amor.

    Um ano depois que tomou essa decisão, acertou as contas do seu trabalho com o Orfanato, e os colegas de trabalho fizeram uma comemoração de despedida, pois sabiam que dificilmente voltaria a rever os amigos, que foram criados ali onde todos trabalhavam. Um dia antes de embarcar, ele foi a uma igreja rezar e pedir a proteção Divina para abrir os caminhos de um bom trabalho e também as portas da felicidade, para viver um grande amor e uma nova vida. Natanael sabia que isso aconteceria com certeza. Até esse momento ele nunca vivera uma história de amor verdadeiro.

Natanael, no dia do embarque para Brasília, após despedir-se de todos os amigos e colegas de trabalho, a emoção o fez chorar muito às escondidas, uma vez que estava se despedindo da sua verdadeira família, foram eles que o criaram e deram os estudos que proporcionaram estar nessa situação. Mas nós temos que enfrentar as dificuldades da vida se quisermos melhorar de situação. Natanael permanece apreensivo, pois será a primeira viagem que fará sozinho, para um local totalmente desconhecido, não sabia nada sobre a nova Capital do Brasil. Quando embarcou, o íntimo do seu coração sofreu muito, pela falta que sentiria dos colegas e amigos do Orfanato.

Dentro do ônibus, depois de muitas horas de viagem, Natanael começou a pensar e, no seu devaneio, na sua divagação, se deixou levar pela sua imaginação, pelos seus sonhos e pelas imagens dos seus pensamentos profundos.

Nas imagens profundas e coloridas dos seus sonhos, veio em sua mente sonífera que andará pelas florestas nativas do Cerrado do Centro-Oeste em busca do amor nativo das Cunhatãs, das Iaras ou da Deusa do Amor. Andará também pela busca talvez do recanto das suas Fadas, que povoam a sua mente neste instante de quimera.

De repente o ônibus que vinha rodando mansamente pela longa estrada, passa por um buraco no asfalto, dá um solavanco brusco muito forte, que chegou a derrubar, no piso do ônibus, alguns passageiros. Natanael foi um deles. O susto foi momentâneo e, com isso, foi acordado do seu profundo sono.

Natanael chegou à Capital Federal, Brasília, no começo da tarde de um dia muito ensolarado, seco, muito vento, o que proporcionava um levantar de poeira vermelha pelos redemoinhos muito intensos. Quem não era acostumado com isso, estranhava muito, foi o caso do Natanael. Em um primeiro momento, no seu interior, veio um arrependimento muito grande em fazer a troca da sua cidade de Mafra, por uma Capital Federal, ainda sendo construída e totalmente desconhecida para ele. Foi com esse cenário de muita poeira que Natanael pôs os pés nas poeiras das ruas e calçadas da cidade de Brasília. Como não sabia nada da cidade, questionou-se: "o que fazer? Onde vou morar? A solução é perguntar para um motorista de táxi. Os motoristas sabem de tudo. É isso que vou fazer!"

— Boa tarde, senhor motorista!

— Boa tarde! — Respondeu o motorista.

Ao perguntar para o motorista onde tinha um hotel para se hospedar, logo o motorista respondeu:

— Você está de passagem ou veio para ficar aqui, morar nesta cidade que dá oportunidade de trabalho para todos que chegam?

— Eu vim para ficar e quero arrumar um trabalho logo, logo! — Respondeu Natanael.

— Trabalho é o que não falta aqui! — Disse o motorista nordestino Cícero. — Eu mesmo vim para cá antes da inauguração da Capital, eu vim na boleia de um caminhão lotado, o famoso "Pau de Arara". Agora eu sou motorista de táxi e comprei dois carros, este, e o outro eu alugo. Graças a Deus, vou vivendo. A minha esposa tem o seu trabalho. Olha — continuou o motorista —, eu vou te levar para a antiga "Cidade Livre", hoje "Núcleo Bandeirante". O nome era "Cidade Livre" porque, antes da inauguração de Brasília, quem se estabelecesse lá, não pagava nenhum tipo de imposto, era tudo livre. Lá, as construções são quase tudo de madeira, não vai estranhar! Vou te levar para a "Pensão Cristo Rei", é mais barato do que hotel e para quem veio para ficar a diferença é grande. Nessa pensão sempre há vaga para os aventureiros — disse o motorista, sorrindo.

Durante o percurso até a pensão foram conversando e o motorista esclareceu tudo que pôde e concluiu:

— Com os cursos que você tem, não sentirá dificuldade em arrumar trabalho. Deus vai te mostrar os caminhos!

Ao chegar à pensão, o motorista foi até ao atendente e explicou a situação do seu passageiro. Sem demora, Natanael já ocupava uma vaga no quarto da antiga "Pensão Cristo Rei", realmente tudo na pensão era como o motorista Cícero disse. Tudo de madeira.

Dentro do quarto, Natanael conferiu tudo e observou que era mesmo como o motorista Cícero disse.

— Poxa vida, como as pessoas que prestam serviço aqui nesta cidade que está aflorando e crescendo são tão gentis. Todos tentam resolver os seus problemas.

Natanael resolveu não se preocupar com a procura de um novo emprego. Tirou os dias restantes da semana para conhecer Brasília e descobrir o endereço da Secretaria de Educação do DF. Assim ele fez.

Agora, com o endereço da Secretaria de Educação do DF, na segunda-feira ele esteve lá e se informou quando teria o concurso para professor da Fundação. Foi informado que em um mês seria feito o concurso para professor da Secretaria. A funcionária que o atendeu completou:

— A inscrição já está aberta. É ali naquela sala — disse, apontando com o seu dedo indicador direito.

— Opa! Já que estou aqui, vou me informar quais os documentos exigidos para fazer a inscrição e aí eu volto amanhã e faço a minha inscrição.

No dia seguinte pela manhã, Natanael estava lá, de corpo, alma e muita fé no coração, pensando e pedindo a Deus e ao anjo da guarda uma ajudinha para ser aprovado nesse concurso, que ele precisava muito. Ali estava a oportunidade de mudar o seu futuro, encaminhando-se para uma nova vida de sucesso.

Natanael aproveitou esses dias que nada fazia, antes do concurso, e estudou o que pôde. "Vou estudar esses dias, já que eu posso ficar uns poucos meses sem trabalhar, visto que tenho a economia que fiz em Mafra. Posso me dar esse luxo.

Chegou o dia do concurso, Natanael levantou cedo, tomou um banho para refrescar a cabeça, degustou o seu café da manhã e foi para a parada de ônibus embarcar num ônibus que já estava lotado de trabalhadores, indo para o trabalho.

Natanael chegou com uma boa antecedência para realizar a prova. Ele imaginou que não seria tão difícil, uma vez que já havia sido aprovado em concurso semelhante em Mafra, no estado de Santa Catarina. Agora, fazendo essa prova no Distrito Federal, não seria tão diferente. Os assuntos eram os mesmos. Ao terminar a prova, ficou muito satisfeito, porque tinha certeza de que seria aprovado, não sentiu dificuldade nas questões da prova. Ele também já tinha experiência como professor, na sua cidade.

Quando saiu a publicação do resultado do concurso, o nome de Natanael estava publicado na lista dos aprovados. Para ele foi uma emoção muito grande. Comemorou sozinho no seu quarto de pensão. Não demorou muito, foi até um telefone público e ligou para os seus amigos e quase família em Mafra, informando da sua aprovação no concurso da Secretaria de Ensino do Distrito Federal. Ele disse:

— Eu sabia que o meu futuro estava por aqui em Brasília.

Foi uma alegria para todos que ficaram sabendo do sucesso do grande amigo e ex-colega de trabalho.

Natanael optou por dar aula de desenho industrial, matéria para a qual havia poucos professores habilitados, por não saberem desenhar. Após assumir as aulas da matéria que já conhecia, resolveu também ser professor de aulas técnicas de datilografia. Nessa época, todos os futuros trabalhadores tinham que saber datilografar. Saber datilografar era o sonho de todos os jovens futuros trabalhadores.

Passados alguns anos que Natanael chegara à Brasília e agora já estabilizado como professor da Secretaria de Ensino, ele comprou um modesto apartamento na Cidade Satélite do Guará. Passados alguns meses e sentindo-se muito sozinho nos seus pensamentos, não saía da sua ideia de que nesse apartamento estava faltando a presença de uma alma feminina, então ele decidiu: "chegou o momento de encontrar alguém que possa me fazer uma companhia amorosa, chegou a hora de arrumar alguém para eu me casar".

Nas aulas de datilografia, um dia apareceu na sala uma nova aluna, que não tinha noção do que era datilografar qualquer texto, não sabia nada de datilografia.

Natanael simpatizou com ela desde o primeiro dia. "Essa garota tem que ser minha esposa", pensou a partir desse momento. Ela era jovem, tinha apenas vinte e um anos de idade. Natanael percebeu que ela era uma garota muito acanhada, muito quieta, pouco falava. Nessa época Natanael já era o diretor da escola. Então, para se aproximar dela, ele se passou por aluno. Como aluno a aproximação seria mais fácil.

Ao primeiro contato, decidiu que conversaria sobre um possível namoro entre os dois. Nesse primeiro contato, ela não aceitou a conversa e ficou raivosa em perceber que esse aluno estava atrapalhando-a. Ele ficou pegando nas mãos da aluna e ela percebeu que a estava atrapalhando:

— Eu não quero saber do que você quer me ensinar!

A aluna Cleonice perguntou para o seu professor quem era aquele aluno que a estava atrapalhando. O professor respondeu:

— Esse aluno que você pensa é o diretor da escola!

Cleonice respondeu:

— Meu Deus! Como eu fui grossa e estúpida com o diretor da Escola!

Ao saber disso, ela ficou envergonhada e se aproximou dele.

Em pouco tempo estavam namorando. Primeiro às escondidas, sem que seus pais soubessem. Nessa época a Cleonice pulava o muro da sua casa, que não era muito alto, para poder encontrar com o seu diretor. Até que chegou o dia que Natanael falou para ela que iria conversar com seu pai e pedi-la em casamento. Foi um susto para ela, jamais ela esperava uma situação dessas. Foi aí que ela disse para os seus pais que estava namorando o diretor da sua escola de datilografia. Para eles, a surpresa foi imensa e concordaram com o que Cleonice disse.

— Pai, tem algo mais, o Natanael quer vir conversar com o senhor para confirmar o nosso namoro.

— Sim, pode vir, eu espero o dia que ele marcar.

Poucos dias depois desse comunicado, o Natanael confirmou que iria falar com o seu pai. Cleonice ficou empolgadíssima, de agora em diante não precisaria mais namorar às escondidas. Assim o seu coração bateu aliviado e alegre pelo decorrer da situação.

Chegou o dia de Natanael ir falar com os pais da Cleonice. Nesse dia foi uma surpresa para todos da família. Ele levava às escondidas um par de alianças. No momento de ele pedi-la em namoro, ele pediu em casamento e, a partir desse instante, ficaram noivos. Colocaram as alianças nos dedos, e Natanael adiantou que em pouco tempo eles se casariam.

Foi uma surpresa inesperada, os pais da Cleonice esperavam um pedido para namorarem, e não para o casamento, sendo que só havia poucos dias que ficaram sabendo do namoro. "Mas seja o que Deus quiser, vamos fazer o pedido para o nosso Pai Celestial e rezar para que tudo dê certo", pensaram.

Nesse dia Natanael voltou para casa realizado. Ele encontrou o que precisava. Ele precisava encontrar alguém para sufocar a sua solidão, ele precisava encontrar alguém que lhe desse amor e carinho que tanto ele desejava, pois, carinho nem de mãe ele teve.

Quando chegou ao seu apartamento o seu coração pulsava de emoção, e refletia para si que, dali a pouco tempo, naquele apartamento não estaria mais na solidão, só ele; estarei acompanhado da minha amada e o apartamento se encherá de amor e carinho, dela para comigo.

O casamento aconteceu sete meses depois do pedido. Foi realizado na igreja evangélica que os familiares da Cleonice frequentavam.

Agora o apartamento estava completo, Natanael tinha alguém para amá-lo. Em pouco mais de um ano de casado, o apartamento se encheu de alegria com o nascimento da sua primeira filha. Foi uma alegria tremenda para ambos. Natanael, quando tomou a criança em seus braços, não se conteve e chorou muito de emoção por ter em seus braços o primeiro dos quatros filhos que teria na sua vida de casado.

Natanael não teve a felicidade de vê-los todos crescidos.

O dia em que chorei

Amadeu Lima cursava o último semestre da faculdade do curso de Direito. Sempre foi elogiado pelos parentes e amigos por estar realizando essa façanha de cursar a segunda faculdade.

Quando foi fazer a inscrição para o Estágio Supervisionado Obrigatório, só conseguiu vaga para estagiar na área do Direito do Trabalho. Como não tinha opção, Amadeu fez a matrícula e resolveu tirar proveito, aprendendo o máximo que pudesse dos ensinamentos prestados pelos professores da matéria.

Na segunda semana de aula, Amadeu recebeu do professor um processo para dar sequência, nos recursos cabíveis. O processo tramitava no TRT da Décima Região de Brasília. Seu conteúdo era a respeito de um rapaz que perdera parte dos movimentos do braço esquerdo, devido a um acidente causado pela moenda da cana, que tem a função de forçar a passagem da cana entre rolos de maneira a separar o caldo do bagaço.

No seu depoimento foi esclarecido que estava trabalhando num pequeno engenho elétrico, moendo a cana para ser vendido o caldo geladinho com os pastéis fritos na hora. Aconteceu que, sem ao menos esperar, ao empurrar a cana para ser moída, a sua mão esquerda escorregou no gomo da cana que estava sendo empurrada para o rolo da moenda e pressionou todos os dedos da sua mão, quebrando-os em diversos lugares. Foi uma luta e muita choradeira de dor quando o Manoel Dias viu os seus dedos todo esmagados e tortos para cima. Deu muito trabalho para desmontar os dois rolos para salvar a sua mão esquerda, e imediatamente correram com ele para a emergência do hospital.

    Foram feitos os tratamentos e protegeram a mão e o braço com gesso. Na radiografia apareceram muitas pequenas fraturas nos dedos e na palma da mão. O médico que o atendeu disse-lhe que poderia ficar com sequelas, pois as várias fraturas prejudicariam os movimentos dos nervos dos dedos.

    Manoel Dias ficou afastado do trabalho por vários meses devido ao acidente. Até que resolveu entrar na justiça pedindo a sua aposentadoria. Ele se preveniu com todos os documentos que eram necessários para a sua requisição, estava consciente de que tudo daria certo.

    Manoel Dias foi até a faculdade onde Amadeu estudava e procurou o setor de Atendimento Comunitário Gratuito, que atende aos mais necessitados. Todos os atendimentos são feitos gratuitamente pelos alunos do Estágio Supervisionado.

    O processo foi julgado em primeira instância e foi negada a aposentadoria, decidindo que o autor da ação poderia ser requisitado para trabalhar em função que poderia ser desenvolvida e adaptada para acidentados e não o atrapalharia. Manoel poderia trabalhar como vigia noturno de uma escola, ser inspetor de alunos e até mesmo ser porteiro de prédios etc. Seria encaminhado para o sindicato da classe para arranjar uma colocação para ele.

    Manoel Dias não se conformou com essa decisão, e pediu para recorrer desse julgamento.

    Nessa fase do processo foi que o Amadeu pegou o processo, para fazer esse recurso.

    Amadeu entrou em contato com o recorrente Manoel Dias, para comparecer à Faculdade e explicar-lhe o fato ocorrido, pois agora era o responsável pelo seu processo.

Foi esclarecido todo o fato e no final da sua explicação ele confirmou que o seu primo também sofreu um acidente semelhante e aposentou pelo Instituto Nacional de Seguridade Social – INSS, e voltou para a sua terra com a sua mão esquerda amputada. "Vive feliz da vida porque não precisa trabalhar", completou o depoente.

Essa afirmação despertou a curiosidade do Amadeu e o seu raciocínio foi de que o recorrente Manoel estava querendo repetir a situação do seu primo, aposentar-se e não precisar mais trabalhar. Assim também estava tentando lesar os cofres públicos, ganhando sem trabalhar.

Amadeu com todas as informações possíveis foi explicar a situação para o professor do estágio.

Amadeu lembrou ao professor que, nas aulas teóricas de Direito do Trabalho, foi explicado que muitos trabalhadores de pequenas cidades de vários estados do Nordeste vão para os grandes centros e intencionalmente provocam acidentes para mutilar os dedos, a mão esquerda, os braços, os pés e com isso conseguir uma aposentadoria, não se importando com a sua deficiência — muitos perdiam somente o dedinho da mão esquerda.

Os ministros do TRT e do TST começaram a perceber a quantidade de processos sobre esses acidentes, daí começaram a negar essas aposentadorias.

O recorrente do processo, sem perceber, respondeu a todas as perguntas feitas pelo estagiário Amadeu. Foi concluído que esse acidente foi intencional e não casual.

Amadeu perguntou ao professor:

— Diante dessa falsidade, o que devo fazer? Qual será a contestação a se alegar perante a decisão da não aposentadoria?

O professor explicou para o estagiário Amadeu que a decisão seria da sua competência, pois foi ele que inquiriu o autor da ação.

— Amadeu — disse o professor —, você como advogado tem que resolver os problemas. O advogado serve para resolver todos os problemas. Você já percebeu que, para todos os problemas que geram uma dúvida nos questionamentos e não acham uma solução, contrata-se um advogado, este advogado tem que achar uma solução para o problema e apresentar mais de uma alternativa para resolvê-lo. Você já tinha pensado nisso?

— Bem, professor, no meu entendimento ele não tem direito de requerer uma aposentadoria causada por um acidente proposital. Ficou bem claro quando eu perguntei o óbvio da questão. O cliente respondeu às perguntas sem que notasse as minhas segundas intenções. Já sei o que fazer professor! — Respondeu o Amadeu. — Vou fazer um recurso, porém serei o mais neutro possível; no meu entendimento sou contrário a esses arbítrios de esperteza.

Amadeu fez um questionamento que levou o ministro a tomar a sua própria decisão.

Chegou o dia da audiência. Amadeu combinou com o professor que estaria no TRT, esperando por ele bem antes da audiência.

Amadeu, assim que chegou ao TRT, preencheu a ficha de presença e colocou o número da carteira azul de estagiário. Fez carga do processo, leu o que lhe interessava e devolveu em poucos minutos.

A partir desse momento, Amadeu foi para a sala de audiência e ficou à espera do professor; a sessão se iniciou às quatorze horas. Amadeu viu que o seu processo estava na mesa do ministro e seria o quarto a ser julgado.

Amadeu foi para a sala onde realizam as sessões e sentou na última fila de cadeiras, ficou à espera do professor, pois sem a presença dele o estagiário não poderia assumir a responsabilidade de fazer a audiência, poderia ser punido caso subisse à tribuna assumindo o julgamento. Tanto o professor quanto o aluno e a faculdade poderiam ser também punidos.

Quando o ministro pegou o quarto volume era o processo, o coração do estagiário começou a bater forte e a tremer todo o corpo. Ele olhou por toda a sala e não viu o professor. Amadeu caiu em desespero, começou a transpirar de medo em ser punido, caso assumisse a sessão.

Eis que de repente ele ouve uma voz bem forte dizendo:

— Doutor Amadeu Lima, favor assumir a tribuna!

Nesse momento quase que o estagiário desmaia, foi um susto tremendo. O professor não estava presente.

Nesses segundos, vieram em seus pensamentos... agora eu não sou estagiário, eu sou um doutor. Apesar das pernas tremendo e suando frio, o estagiário caminhou até a tribuna, pegou a beca e a colocou sobre os seus ombros.

O ministro com os olhos bem regalados, aparecendo bastante o branco dos seus olhos, direciona o seu olhar profundo para os olhos do doutor Amadeu Lima e pergunta:

— Qual é o motivo do recurso?

O doutor Amadeu responde:

—É sobre a aposentadoria em relação ao acidente com o engenho elétrico de moer a cana.

— Ah, me lembro! Vou pedir vista do processo e ainda vou decidir essa situação.

Amadeu, tremendo, suando frio e com o rosto amarelo de medo em ser punido, ficou apavorado com o olhar do ministro, olhando no fundo dos seus olhos. Foi um olhar como se fosse o seu algoz, lhe causando muito medo. Esse olhar nunca saiu da sua mente. Naquele momento o estagiário Amadeu lembrou-se da sua infância, na sua cidade, em relação à quantidade de pequenos passarinhos que matava com o seu amigo de escola, com o seu estilingue, e o seu amigo Roberto com a sua espingarda de pressão.

O doutor Amadeu, agora retornando à situação de estagiário, foi de novo para o fundo da sala. Sentou na última carteira e sem perceber começou a chorar profundamente, as lágrimas que escorriam dos seus olhos molhavam seu paletó.

Amadeu se lembrou da maldade que imperava no seu coração quando, na sua cidade, matava os pequenos passarinhos, e que muitos eram pai e mãe que estavam chocando os ovos ou alimentando os seus filhotinhos. A mortandade era feita no enorme pé de tamarindo que tinha no quintal da grande casa de Roberto. Muitos desses passarinhos mortos estavam ali procurando alimentos para os seus filhotes. Com os pais mortos, morreriam os filhotes de fome, e os ovos não seriam chocados pelas mães mortas.

O estagiário Amadeu comparou aquele olhar do ministro tão apavorante, mostrando o branco dos seus olhos, com os olhares apavorantes com que os pobres dos passarinhos olhavam para o seu algoz, que estava acabando de tirar a sua vida e a dos seus filhotes. Essas duas crianças ainda não percebiam que aquilo era uma tremenda maldade. Os pequenos passarinhos, assim que caíam ao chão, tinha os seus pescoços quebrados com a ponta da espingarda de pressão. Essas duas crianças sem noção da maldade ficavam muito alegres em saber que estavam atirando muito bem e tinham uma excelente pontaria.

Isso para eles eram uma glória, ser bom nos tiros.

No dia seguinte Amadeu, assim que chegou a sala de aula, logo foi falando para o professor do acontecido no julgamento do recurso no TRT.

— Porque o senhor não compareceu para me acompanhar no julgamento do recurso no TRT. O senhor se esqueceu?

— Meu Deus! Eu me esqueci que o julgamento era ontem. Desculpe-me. Foi uma tremenda falha minha.

Amadeu contou o transcorrido e o desespero do acontecido quando o ministro olhou bem dentro dos seus olhos. Contou também do seu choro lá no fundo da sala de julgamento. Ele fez questão de contar a comparação do olhar do ministro com o olhar dos passarinhos que foram mortos por seus dois algozes.

— Eu tive medo de ser punido, caso o ministro desconfiasse que eu era um estagiário.

Acho que não despertou a curiosidade devido aos cabelos brancos do estagiário Amadeu e a sua idade já avançada. Amadeu não ficou sabendo do resultado desse julgamento, pelo fato de terminar o semestre e, até então, o recurso não ter sido julgado.

Passados vários meses, Amadeu ligou para o Manoel Dias, para saber o que aconteceu com o julgamento. Foi respondido que nada tinha sido julgado ainda e que os seus movimentos do braço esquerdo estavam sendo afetados, perdera os movimentos da mão esquerda e o seu braço estava afinando em virtude da contusão da sua mão.

Ao encerrar o assunto com o Manoel, Amadeu fez uma última pergunta:

— Valeu a pena essa sua atitude?

Amadeu desligou o telefone e nunca mais se preocupou em saber o resultado daquele recurso.

A vingança da viúva

O dia era um sábado, ainda era cedo quando Benjamim saiu para fazer as compras na feira, pois ele tinha três filhos para criar: duas meninas e um guri, cabra-macho, como sempre ele dizia, para os colegas. Era desquitado e quem cuidava das três crianças era a senhora dona Aurora muito responsável, já com certa idade e que tinha as crianças como seus próprios filhos. Ela morava na mesma residência, dependia desse emprego, sempre foi sozinha, nunca dividiu os seus amores com ninguém, viveu sempre no sítio com os seus pais, por isso nunca achou ninguém que pudesse amá-la, ela mal sabia ler.

Benjamim não quis tomar aquele delicioso cafezinho na sua casa, feito pela dona Aurora, deixou para tomar o café na feira, que seria acompanhado com um delicioso pastel de carne, frito na hora.

Na mão ele carregava duas sacolas para trazer as compras e no bolso ele levava a lista de tudo que precisava comprar.

Ao sair da porta, Benjamim cumprimenta o seu vizinho e esposa, que estavam indo para a missa. Estavam bem trajados, pois iam receber a hóstia sagrada, o casal tinha confessado no dia anterior e por isso não pecaram nessa noite, dormiram como dois anjos.

A feira não era longe da sua casa, ocupava uma rua inteira no centro da cidade, perto do Mercado Central. Encontrava-se nela quase tudo o que se procurava, desde que fosse produto rural. Tinha os deliciosos doces feitos nos sítios, pelas mãos hábeis e acostumadas aos serviços de feitura dos doces. Era doce de jaca, doce de leite, goiabada, doce de coco, quebra-queixo, rapadura de leite e outras coisas mais. No setor de legumes e verduras, achava-se de tudo para comprar; agora o mais concorrido era o setor que vendia carne. Nesse setor tinha diversas barraquinhas que vendiam as comidas prontas para se degustar ali mesmo em pé, na tábua da barraca. Era sarapatel, buchada de bode, carne de sol assada no espetinho, passada na farinha ou com arroz, galinhada, tripa assada crocante e farofas de diversas variedades. Todos adoravam, ainda tinha o famoso caldo de cana com pastel, que existem nas feiras de todo o Brasil. Sem contar as inúmeras variedades de linguiça caipira.

Benjamim andou bastante na feira até achar tudo que precisava comprar, não faltou nenhum item da lista. Nesse percurso ele encontrou com diversos amigos, de muitos anos, e até amigos de infância, pois ele nunca saíra da cidade de São Caitano, em Pernambuco. O sol começava a esquentar e só aí que percebeu que ainda não tinha comido nada, nem tomara o seu cafezinho, então resolveu comer um delicioso espetinho de carne de sol, passado na farinha, e como acompanhamento um copo de caldo de cana caiana, bem geladinho.

Benjamim foi até a barraca do seu amigo, que tinha o apelido de João das Mães. Esse apelido ele ganhou por dizer que não dispensava nenhuma mãe, sem marido, ou viúva, comia todas. Ele comentava o fato, mas nunca dizia o nome das mães. Muitos amigos não acreditavam nas suas histórias, achavam que era uma tremenda da mentira. Até que um dia um colega perguntou para ele:

— Ô João das Mães, você já comeu uma mãe virgem? — Foi aí que percebeu que muitos dos seus amigos não acreditavam nas suas histórias.

Chegando à barraca, logo foi pedindo:

— Ó das Mães, me dá um espetinho de carne de sol e um caldo de cana bem geladinho, ok?

— Olá, amigão, estará prontinho em suas mãos sem demora, vai sair ao seu gosto. Você desapareceu, tem vários sábados que você não aparece para comer do meu churrasquinho. Pra você agora vou fazer um churrasquinho entremeado com linguiça de primeira, que foi feita por mim.

— Beleza, amigão!

João das Mães era muito comunicativo. Os feirantes em geral gostavam dele, por ser muito extrovertido e alegre. Talvez fosse com essa alegria toda que ele conseguia conquistar as mães sem marido ou as viúvas.

Benjamim esperou um pouco e sem muita demora chegou às suas mãos o espetinho bem assadinho, ainda chiando pelo calor do fogo e o copo grande de caldo de cana caiana.

— Aqui está, meu amigo, foi feito no capricho para você.

— Obrigado, companheiro, já paguei para a moça que recebe o dinheiro.

— Bom apetite e volte sempre — disse João das Mães.

Benjamim, ao levar o copo de caldo de cana à sua boca, percebeu uma moça de aparência ainda jovem, com seus vinte anos de idade, vestida de uma bermuda até os joelhos e uma blusa colada ao seu corpo moreno, passando logo ali na sua frente.

Não viu o seu rosto, só viu o seu perfil e os seus cabelos negros.

Nesse exato momento, ele teve uma reação inesperada. Teve vontade de sair correndo e agarrá-la, abraçá-la, beijá-la, mas isso ele não podia fazer ali, naquela feira pública lotada de gente fazendo as suas compras. O seu coração ficou palpitando muito forte. "Vou acabar de comer isto aqui rapidinho e vou atrás dela", pensou.

Benjamim, assim que acabou de comer o churrasquinho, despediu-se às pressas do seu grande amigo e foi atrás da moça, com as suas duas sacolas já pesadas, elas já estavam cheias de compras.

Benjamim andou certo tempo e não a encontrou mais. Aquela imagem não saía mais de sua cabeça.

Depois de procurá-la por alguns minutos, não encontrando, ele desistiu e foi embora para a sua casa cuidar das suas crianças.

— Como pode, meu Deus, eu ter uma reação dessas, foi algo inesperado, nunca aconteceu isso comigo! Agora seja o que Deus quiser. Como vou encontrar essa mulher? Tenho que dar um jeito. Só me lembro de seu perfil e de seus belos cabelos negros ondulados e nada mais, o destino não me permitiu ver o restante de seu rosto, que deve ser um rosto muito bonito. Agora, para refrescar a minha memória e esquecer tudo o que aconteceu, eu vou tomar aquela "água que passarinho não bebe", no dito popular, é a tradicional cachaça artesanal, vou prepará-la com limão, bebida que está em quase todas as casas e sítios no sertão nordestino.

Nesse fim de semana, Benjamim passou o dia inteiro dentro de casa, pensando naquela mulher, não quis fazer nada, nem saiu para encontrar com os amigos que jogavam truco ou dominó, no boteco do "Caldo de Mocotó do Seu Lero". Nada disso lhe satisfazia as vontades. Ele só pensava naquela mulher, até que, depois de vários copos de cachaça, ele adormeceu na rede armada na varanda da sua casa.

Ao acordar, depois de um profundo sono, ele já não pensava mais naquele perfil moreno. Ele começou a raciocinar:

— Isso que aconteceu comigo foi coisa momentânea, isso vai passar! Eu estou sozinho, desquitado há mais de dois anos, mas logo arrumarei outra esposa, e, na ironia do destino, poderia ser essa morena que avistei hoje, lá na feira. Se eu encontrasse com ela será que viveríamos um amor, além do sensível, um amor verdadeiro e eterno? É, vou esperar! O tempo me dirá o que fazer e como proceder com um novo amor.

#

Os dias se passaram, vieram os meses e Benjamim não tinha vontade de sair, dar uma pequena volta na pracinha da cidade, encontrar com os velhos amigos. Poucas eram as vezes em que ia jogar um truco ou dominó e tomar uma cervejinha para depois saborear um delicioso caldo de mocotó no boteco do "Caldo de Mocotó do Seu Lero".

Benjamim passou a dar mais atenção aos seus filhos, já que a mãe tomara rumo desconhecido com outro companheiro e nunca mais viera visitar às crianças. Os seus filhos já estavam acostumados com a dona Aurora, que até chamavam de vovó, pela sua idade um pouco avançada. Essas crianças era a paixão da dona Aurora, eram como se fossem os filhos que ela não teve.

Todos os domingos a dona Aurora aprontava as crianças, vestia uma boa roupa e levava-as à missa das nove horas da manhã. Isso era admirado pelo pai.

Depois da missa, dona Aurora as levava até a Praça Central da cidade, onde, para as crianças, era uma maravilha; lá elas comiam pipoca, chupava picolé, pirulito, balinha e outras guloseimas adoradas pelos pequenos.

Após esse passeio, iam para a casa e dona Aurora preparava o almoço para todos, e o resto do dia era brincadeira dentro da própria casa.

Às crianças, ao chegarem a casa, o seu pai disse:

— Domingo que vem eu levarei vocês para assistir à missa, faz tempo que eu não vou à missa e assim vou rezar um pouco para o meu espírito protetor.

As crianças gritaram:

— Oba! oba! Nosso pai vai nos levar à missa, no próximo domingo.

As meninas eram muito bonitas, tinha os olhos claros, em um tom azulado que chamava muito a atenção. Todos achavam que essa tonalidade dos olhos ainda era o resquício hereditário dos povos holandeses que permaneceram aqui no Brasil por volta dos anos 1630, até serem expulsos pelos portugueses, mas os *"genes dos olhos claros"* permaneceram em Pernambuco para sempre.

As três crianças estavam ansiosas para chegar o próximo final de semana, para no domingo irem à missa levadas pelo seu pai, atitude que ele tomou pouquíssima vezes durante esses dois anos de separado.

Chegou o final de semana e veio o domingo. Cedo o Benjamim levantou, e a dona Aurora, já estava preparando o cafezinho.

— Bom dia, dona Aurora! — Ele tinha o maior respeito por ela. — A senhora dormiu bem?

— Graças a Deus, eu sempre durmo bem, nunca tenho nada a reclamar.

— Pois é, hoje, eu vou levar as crianças à igreja para assistir à missa das nove horas e eu quero que a senhora vá conosco!

— Sim eu vou! Eu até tenho ensinado elas a rezarem o terço, elas já estão quase sabendo todas as rezas. Elas são muito inteligentes. Dá gosto de ensinar o pouco que eu sei. Hora que acordarem, todas tomarão o seu banho e eu vou vesti-las e também vou me aprontar.

Nesse momento, o Benjamim caminha para o banheiro e vai tomar o seu banho, para logo em seguida tomar o seu cafezinho acompanhado com os deliciosos pães de queijo feitos por ela no dia anterior.

— Agora que todos estão prontos vamos para a igreja. Como não é longe, vamos andando e depois da missa eu pego o carro e vamos dar um pequeno passeio.

Ao chegarem à igreja ainda tinha poucos fiéis, então eles sentaram num banco lá na frente, quase entre os primeiros.

Não demorou muito o padre deu início à missa.

O ritual da missa transcorreu normalmente. Veio a celebração do sermão e o padre explanou lendo esta passagem:

— *"Quando o silêncio se fizer mais pesado ao redor de teus passos, aguça os ouvidos e escuta. A voz do amor ressoará de novo na acústica de tua alma e as grandes palavras que os séculos não apagaram voltarão mais nítidas ao círculo de tua esperança, para que tuas feridas se convertam em rosas e para que o teu cansaço se transubstancie em triunfo".* Assim falou São Francisco de Assis. Amém! — Concluiu o padre.

Benjamim prestou muita atenção no sermão feito pelo padre, bateu com o que ele queria ouvir. Ele estava nesse momento vivendo um amor impossível, sem ainda nem conhecer a sua amada. O destino não permitiu que ele pelo menos visse o rosto dela. Mas um dia a encontraria, tinha certeza disso. "Esta cidade não é tão grande que ela possa desaparecer para sempre", pensava.

Veio a comunhão e o padre se posicionou no corredor central perto do altar, de modo que todas as pessoas que receberiam a hóstia o Benjamim poderia observar.

Eis que de repente ele tem uma sensação estranha, sentiu um calor profundo e o seu rosto esquentou fora do normal. Ele olha para a fila das pessoas que receberiam a comunhão e vê uma mulher morena toda vestida de branco e o seu rosto coberto com um véu, também branco.

Benjamim não teve dúvida e logo murmurou em voz até um pouco alta, pois esquecera que estava na comunhão dos fiéis dentro de uma igreja.

— É ela! Essa é a moça que eu vi somente o seu perfil na feira, naquele sábado.

Benjamim observou a moça, após ter recebido a sua hóstia, onde ela estava sentada. Ele não pensou duas vezes, conversou com as suas crianças, dizendo que esperaria lá na porta de saída da igreja.

Ao terminar a missa, na porta da igreja, ele se aproximou da mulher que tanto perturbara os seus pensamentos nesses dias, sem ao menos conhecê-la.

"O padre tinha razão quando falou que: '*A voz do amor ressoará de novo na acústica de tua alma*'", lembrou em seu pensamento.

Era realmente uma morena muito bonita e ainda jovem, mas não era uma princesa como imaginava em seus pensamentos.

Assim que chegou perto dela, na porta da igreja, logo ele foi falando:

— Bom dia princesa, como foi à missa, ganhou perdão dos pecados cometidos nesses dias? Mas uma moça bonita como você não comete pecados! Não é mesmo?

Os dois deram um largo sorriso sem ainda ao menos se conhecerem.

— Pois é! Eu vi você na fila recebendo a hóstia e, não sei por que, senti uma sensação estranha e não me contive, vim falar com você e a única oportunidade era esperando você aqui na saída da igreja. Se eu não fizesse isso, eu estaria cometendo um "pecado eterno" contra mim mesmo, em não realizar os meus desejos de te conhecer.

— Mas, existe esse pecado?

A partir daí, começaram a conversar e logo se apresentaram.

Benjamim foi direto ao assunto e disse que já tinha lhe visto na feira havia alguns sábados:

— Vi somente de perfil — disse ele — e hoje tive a mesma sensação que aquele dia, ao vê-la recebendo a hóstia, aí eu olhei onde você sentou, saí da igreja para não ficar pecando, em meus pensamentos, lá dentro. É por isso que estou te esperando aqui, agora. Eu queria conversar com você, um pouquinho mais, você está acompanhada?

— Não!... Estou sozinha! — Respondeu ela.

— Agora que eu percebi que ainda nem perguntei o seu nome. Qual é o seu nome mesmo?

— O meu nome é Rosa Maria.

— Que maravilha de nome, pois eu adoro o perfume das rosas! Agora que já sei o seu nome, eu estou lhe convidando para irmos tomar um sorvete na "Sorveteria do Tareco", é a melhor sorveteria que temos aqui. Se você for, eu agradeceria, pois, tenho muito a conversar contigo, mesmo sem te conhecer. É engraçado isso, não acha?

— Eu topo! Vamos conversar!

Como era perto, resolveram que iriam caminhando, a sorveteria ficava na Praça Central.

Benjamim chamou as três crianças e a dona Aurora e apresentou-as a Rosa Maria:

— Esta é a segunda mãe das minhas crianças, eu sou desquitado há dois anos. Ela cuida muito bem dos meus filhos, considera-os como seus próprios filhos, ela nunca teve alguém para roubar o seu amor, sempre morou no sítio com seus pais, até eles morrerem.

A dona Aurora disse, sorrindo:

— Realmente eu nunca sofri de amor, o mato do sítio do meu pai foi o meu companheiro, no mato eu me encantava com toda a natureza viva, que me propunha uma felicidade imensa. Nada se compara com a cidade, aqui é muito diferente, mas já estou acostumando.

— Que bom que ela nunca sofreu de amor — concluiu Rosa Maria.

Ao chegar ao bar, todos sentaram ao redor de duas mesas que juntaram uma com a outra, isso para dar mais espaço às três crianças. Todos se deliciaram com vários sabores de sorvetes feitos com as frutas da região. Estava uma delícia.

— Sabe, Rosa Maria, eu sou desquitado há dois anos. Até agora não consegui encontrar outro alguém para me acalentar as noites, que passo sozinho na minha cama!

— Como assim? Você está me convidando para ir para a cama com você? Eu ainda nem te conheço! Tô fora! Já me vou embora!

— Não, não, Rosa Maria, me desculpa, não é nada do que você pensou! Eu simplesmente quis falar para você que eu estou sozinho! Eu não sou nem um pouco romântico. Peço os meus perdões! Senta aí novamente, eu vou te explicar.

Rosa Maria sentou cautelosamente e ficou prestando atenção na explicação do Benjamim.

Benjamim, explicou para ela qual foi o motivo do seu desquite.

— A nossa vida conjugal não dava mais certo, nossas brigas já passavam dos limites. Eu não aguentei mais, não queria ver minhas crianças sofrerem com as nossas brigas. Eu resolvi desquitar e assumir as minhas lindas crianças. E agora, comigo e a minha auxiliar, elas estão sendo muito bem cuidadas, tanto é que elas já se identificam como netos da dona Aurora. Rosa Maria, permita-me que eu esclareça uma coisa para você?

— Sim! Pode falar que eu vou escutá-lo!

Nessa hora Benjamim ficou um pouco nervoso, o seu coração batia forte pela aflição e começou a bater mais forte do que o normal, no seu peito.

Benjamim pensou: "Esta é a hora, eu não posso falhar". O seu cérebro começou a raciocinar as possibilidades de falar as palavras e as ideias corretas, para não perdê-la para sempre.

Em sua mente só vinha a ideia de: "eu não posso perder esta menina", e esta é a oportunidade. Tenho que ser decisivo. "Ela tem que ser minha", pensou!...

— Sabe, Rosa Maria, eu já te conhecia, eu lhe avistei pela primeira vez, num sábado, logo ali na feira da cidade.

Aí Benjamim contou em detalhe do fato acontecido.

Rosa Maria não acreditou na história, e disse:

— Eu não acredito em nada do que você falou. É uma história fantasiosa!

— Não é! Acredita em mim, é pura realidade! Eu só conhecia o seu perfil e nada mais, agora que te conheço pessoalmente, vi que valeu a pena eu esperar e hoje, com a ajuda de Jesus Cristo, lá na igreja, eu a reconheci novamente pelo seu perfil, apesar do seu fino véu branco cobrindo o seu rosto angelical. Eu vou ser franco e vou direto ao assunto: *eu quero você pra mim! Você aceita ser minha namorada e futura esposa? você tem que ser minha!*

Nessa hora, Benjamim tremeu interiormente e começou a transpirar um suor um pouco frio. "O que está acontecendo comigo? Eu nunca tive isso?", questionou consigo mesmo. "Será que isso é o verdadeiro amor?"

Rosa Maria respondeu:

— É muito cedo para eu te dar uma resposta, tem poucas horas que nós nos conhecemos. Nós somos iguais pássaros livres e soltos no infinito. Temos que dar tempo ao tempo, essa decisão leva a uma imensidão de pensamentos, não é tão simples assim como você acha!

Após ter tomado os sorvetes e conversado com Rosa Maria, Benjamim disse:

— Está na hora de irmos almoçar e descansar o resto da tarde, não é mesmo, Rosa?

Benjamim, ao se despedir de Rosa Maria, fez questão de não tocá-la, nem o tradicional cumprimento com o suave toque das mãos. Ele não quis assustá-la.

Benjamim perguntou a ela se queria que a acompanhasse. Ela respondeu que não, ela iria sozinha para casa.

Benjamim perguntou:

— Quando que nos veremos novamente?

Rosa Maria respondeu:

— Poderá ser na quarta-feira, final da tarde, nesta mesma sorveteria.

— Poxa! Vai ser um pouco complicado, pois eu trabalho até as dezoito horas, eu sou funcionário da Estação Ferroviária Federal, mas pode aguardar que eu virei!

— Ok! Então nos encontraremos na quarta-feira, se Deus quiser.

Cada um tomou o rumo de sua casa, e Rosa Maria foi sozinha pensando nesse encontro, até então ela não acreditava no fato acontecido, em sua mente tudo foi um encontro surreal.

"Será que é verdade o que ele falou pra mim? Será que ele se apaixonou por mim, sem ao menos me conhecer? Só vendo o meu perfil? Eu acho isso quase impossível mas, a natureza humana é muita complicada, agora, eu e ele temos que analisar muito essa situação. Vamos ver na quarta-feira, aí conversaremos e esclareceremos os fatos. Vamos ver se não é só empolgação momentânea".

Benjamim, em contrapartida, não foi ao encontro dos seus amigos para os tradicionais jogos de baralho e dominó, acompanhado da cervejinha gelada. Ficou em casa dando atenção aos seus três filhos.

Com a possibilidade do encontro, Benjamim não tirava a ideia da sua cabeça, a imagem do rosto da Rosa a todo instante vinha em sua mente, estava contando as horas para chegar o dia e o momento do encontro. No seu trabalho até os colegas perceberam que ele estava um pouco aflito, só que ninguém imaginava o que era.

Veio a quarta-feira tão esperada e na hora marcada Benjamim chegou à sorveteria e estacionou o seu carro quase em frente ao estabelecimento. A Rosa já o esperava lá dentro, sentada sozinha em uma mesa.

Benjamim, assim que a avistou, o seu estado de espírito mudou. Ele percebeu que tudo aquilo que estava sentindo desaparecera. Nesse rápido momento ele não entendeu o porquê desta mudança.

Benjamim questionou para si mesmo: "Será que o que está acontecendo comigo novamente é o verdadeiro amor?".

Assim que a avistou, ele teve a vontade de novo de agarrá-la de beijá-la, mas se conteve. Apenas a cumprimentou com uma boa tarde, muito alegre.

Ali, naquele momento, ele explanou tudo para ela, deixando bem claro a sua obsessão por ela e, depois de tudo falado, concluiu:

— Você vai falar com os seus pais e dizer o quanto eu te quero e, se eles não me aceitarem, por ser desquitado e pai de três crianças, eu vou te roubar, eu vou fugir com você e aí tudo estará resolvido.

Ela deu um largo sorriso, sabendo que tudo não passava de brincadeira. Ela achava isso, mas o seu pretendente afirmou:

— Eu não estou brincando, eu quero você pra mim! Eu não abro a mão disso! Você entendeu?

Após o encontro, Rosa Maria ficou muito preocupada porque percebeu, pelas reações do Benjamim, que ele não estava brincando.

Rosa Maria começou a conversar com algumas colegas de turma da escola e contava a sua situação, chegando a pedir muitos conselhos às amigas. Ela estava com muito medo de contar sobre esses encontros que estava tendo com o Benjamim, às escondidas, para os seus pais. Eles estavam se encontrando na casa de Matilde, que era filha de Pai Pode, para namorar às escondidas da sua família. A casa era na outra rua bem perto da dela.

Pai Pode era motorista do Prefeito da cidade, conhecido e amigo de Benjamim, ele dizia para todo mundo que o pai dele tudo podia, pois era o Prefeito da cidade e por isso ele ganhou esse apelido.

Num certo dia, o Benjamim conversou com a Rosa Maria, que iria falar com o seu pai, Bentinho, e ela interveio:

— Não! — Disse ela. Eu vou primeiro falar com ele, se ele aceitar, eu combino o dia para você falar com ele. É melhor assim. Concorda comigo?

— Tudo bem eu vou esperar. Agora! Fale a verdade para ele. Não minta nem invente coisa.

Passados alguns dias, Rosa Maria criou coragem e foi falar com os seus pais o que estava acontecendo com ela. As suas colegas a aconselharam a fazer isso.

Então chegou o dia "D".

— Hoje eu vou falar com os meus pais!

Rosa Maria levantou cedo, foi para a sua escola e nas aulas não teve a atenção devida para assistir às aulas. Ela não conseguia se concentrar nas aulas. Deu vontade de ir para casa e resolver o assunto logo, mas decidiu esperar até a noite.

Quando seu pai chegou do trabalho, ele era Policial Militar, após tomar um banho e trocar a roupa, ela chegou para ele e disse:

— Pai, eu quero falar com o senhor!

— Fale logo, minha filha, o que é que você quer?

— Pai, eu vou logo direto ao assunto!

Ela cabisbaixa começou a murmurar as palavras.

Seu pai lhe disse:

— Fale mais alto que eu não estou entendendo nada do que você está falando.

— Pai, é o seguinte. — Nessa hora Rosa Maria começou a tremer e a suar frio, mas foi em frente com o assunto. — Pai — disse ela —, eu estou namorando um rapaz e ele quer vir conversar com o senhor. Ele pode vir?

— Oh! Que maravilha, minha filha! Você namorou tão pouco, esse é o seu segundo namorado, não é?

— É sim, senhor!

— Pode vir, vamos conversar — disse seu pai.

— Mas tem um porém! — Disse Rosa Maria, tremendo de nervosismo. — Ele tem trinta e nove anos de idade, é desquitado e tem três filhos. Trabalha na Estação Ferroviária Federal.

— Como é que é, minha filha? Ele é desquitado e tem três filhos? É isso mesmo que eu escutei? Ele tem trinta e nove anos, o dobro da sua idade. Você está maluca?

— É, pai. É isso mesmo que o senhor escutou!

— Nem pensar, minha filha! Eu te criei e estou te dando um bom estudo que é para você ser alguém na vida. Você tem é que estudar, concluir a sua faculdade, fazer um bom concurso e prosperar na vida. Você não foi criada para cuidar de três crianças e um pai, que você não sabe nem de onde ele veio! Não adianta trazer ele aqui, que eu não vou falar com ele, não vou recebê-lo, ouviu e entendeu?

— Sim, pai! Entendi!

Rosa Maria saiu da sala e foi para o seu quarto e chorou muito, já era muito tarde quando ela foi comer algumas coisas para não dormir de barriga vazia.

Seu pai depois do jantar foi para o seu quarto e não saiu mais de lá. Rosa Maria, no outro dia, quando levantou para ir para o seu curso, seu pai já tinha saído para trabalhar.

Rosa Maria assistiu às suas aulas muito triste e decidiu que falaria com o seu namorado para não procurá-la mais e estaria tudo terminado.

Quando Rosa Maria tomou essa decisão, percebeu que já estava gostando muito do Benjamim. Ela percebeu que poderia viver muito bem com ele e até ajudar na educação dos seus três filhos e seria a sua madrasta.

Passaram dois dias sem ela encontrar com o seu namorado ou ex-namorado, ela não sabia ainda ao certo.

Nesses dois dias sem encontrá-lo, ela sentiu falta dele. Ele transmitia muito segurança para ela e só agora que notara isso.

Quando foi numa sexta-feira, eles se encontraram. Foi aquela alegria por parte do Benjamim, mas Rosa Maria estava descontente e insatisfeita.

— O que foi que aconteceu com você, minha Rosa perfumada? Eu senti muita falta do seu perfume, Rosinha cheirosa, nesses dias que não nos encontramos.

— Pensa bem, Benjamim! Eu falei com o meu pai e ele não quer nem te ver, nem vai te receber, caso você queira ir lá falar com ele, devido a sua idade e a sua situação em ser desquitado e pai de três crianças.

— Eu já sabia disso! Eu imaginei essa situação, logo quando você tomou essa decisão em querer que eu conversasse com seu pai.

As lágrimas estavam escorrendo do canto dos olhos de Rosa Maria.

— Não chore não, minha querida Rosa perfumada. Essa desilusão faz parte da vida. Nós resolveremos isso em pouco tempo. Eu agora, neste exato momento, vou tomar uma decisão das mais sérias que já tomei em toda a minha vida. Vou lhe fazer uma proposta, vamos ver se você aceita. Você topa ser minha esposa e ir morar comigo? Você só vai ser minha esposa, você não precisará trabalhar, pode continuar os seus estudos, você topa? Se você topar, eu preparo tudo e vamos fugir, eu vou roubar você dos seus pais!... Vai ser muito divertido, quando todas as fofoqueiras da cidade souberem e comentarem para todo mundo desta pequena cidade.

Benjamim explicou o plano que ele já tinha em mente.

Rosa Maria pensou um pouco e concluiu.

— Eu topo! Vou arriscar a minha vida nessa aventura amorosa. Agora até me animei, eu vou com você.

— Agora, depois de ouvir esse "eu topo", o meu coração encheu de alegria. Eu também vou me arriscar, pois você falou que o seu pai é policial. Eu correrei risco com a minha vida. Não é mesmo, minha linda Rosa perfumada?

O plano de Benjamim era o seguinte: ele alugaria uma quitinete em Caruaru, por um mês, e colocaria a sua Rosa Perfumada, morando por esse mês. Assim que roubassem a Rosa Maria, numa sexta-feira, eles iriam para Recife, passar a noite de núpcias em um hotel de cinco estrelas, pois Rosa Maria ainda era virgem, ela merecia. No domingo à tarde, eles iriam para a quitinete em Caruaru, onde iriam passar esse mês, até lá, já teria passado a revolta dos pais da Rosa Maria e também já teria dado tempo das fofoqueiras comentarem o assunto e esquecerem dele um pouco. As fofocas acontecem muito nas pequenas cidades, onde os seus moradores não têm o que comentar.

Essa opção foi melhor para o Benjamim, pois Caruaru ficava apenas a dezesseis quilômetros de São Caitano, e assim ele passaria todos os dias na hora do almoço na sua casa, para rever os seus filhos, que estavam aos cuidados de dona Aurora, que sabia de toda a história e que, pelo tempo de trabalho, passara a ser um membro da família.

Benjamim em sua casa fingiria que almoçaria com os filhos, comendo só um pouquinho e depois ia almoçar com a sua perfumada Rosa Maria. Esses foram os planos do mais novo ladrão de donzela apaixonada. Tudo estava dando certo.

Chegou o dia combinado, a sexta-feira tão esperada por Benjamim. Rosa Maria, aflita por viver aquilo que seria a maior aventura da sua vida, quase não dormiu à noite. Ela rezou um terço de orações, pedindo ao Senhor Jesus Cristo, nosso Espírito Superior, que essa aventura desse certo, para o resto de suas vidas.

Caso contrário, se os seus planos falhassem, ela estaria em situação complicada com a sua família, principalmente com o seu pai. Além do mais, ficaria mal falada pelas fofoqueiras da cidade. Elas iriam comentar que a Rosa Maria desonrou a sua família. Ela também não teria coragem de voltar a estudar, tendo que conviver, todos os dias, com as suas colegas, que estudaram juntas desde a sua infância. "Tudo vai dar certo, se Deus quiser. Nós vamos viver um amor profundo, para o resto de nossas vidas, vamos ter os nossos filhos e tudo dará certo. Eu sei que ele me ama profundamente", assim ela pensou antes de sair da sua casa.

O dia amanheceu sem a luz brilhante do sol. O dia estava nublado com as nuvens cúmulos-nimbos cobrindo o céu da cidade de São Caitano, parecendo que a chuva cairia dentro de instantes. Fato que não acontecia havia muitos meses, o verão imperava.

Rosa Maria, ao sair para o curso, levou escondida consigo a sua mochila escolar cheia de seus pertences emergenciais e a sua bolsa menor, que carregava ao ombro, ela encheu de seus pertences femininos.

Rosa Maria com muito cuidado, para que ninguém a visse, saiu e nem tomou o café da manhã. Ela retirou-se sorrateiramente pela porta, sem causar suspeita. Ela evadiu-se de maneira a esconder as suas reais intenções de fuga.

Na esquina da rua perto da casa de Rosa Maria, Benjamim já a esperava e ele estava muito tranquilo, sabia que estava tomando uma atitude errada, mas não tinha alternativa. O amor fala mais alto e nós estamos sujeitos a esse tipo de loucura.

Rosa Maria, ao sair da sua casa, percebeu que a rua estava deserta, não tinha uma viva alma. Ela apressadamente entrou no carro e rapidamente deixaram o local e rumaram para Recife.

Após pouco mais de uma hora, eles pararam num restaurante de beira de estrada e tomaram o seu café da manhã.

Até então tiveram pouco assunto para conversar, os dois estavam apreensivos. Depois do café se animaram a conversar e estruturaram os seus planos, e um disse para o outro:

— A nossa loucura vai dar certo. Só estamos tomando essa atitude devido ao louco e imenso amor que existe entre nós dois. Estamos parecendo adolescentes quando vivem o primeiro amor.

Ao chegarem a Recife, foram procurar um hotel cinco estrelas à beira-mar. Eles precisavam descansar um pouco e conversar muito para esclarecer os seus ideais, para a conclusão do plano planejado por eles.

Escolheram um hotel bem de frente para o mar e as praias bastante movimentadas de Recife. O hotel estava quase vazio, eles puderam escolher o sétimo andar. Lá em cima o barulho dos carros não incomodava quase nada.

Descansaram um pouco da viagem e resolveram que nesse instante nada aconteceria sobre "o sexo" entre os dois. Resolveram que iriam passear pela cidade e almoçariam em um bom restaurante. Isso para relaxarem e ela perder o medo do seu primeiro ato sexual. Passearam bastante e foram a algumas lojas comprar coisas de suas primeiras necessidades e uma camisola de dormir e um pijama — por incrível que pareça, nenhum dos dois se lembrou de colocá-los na suas poucas coisas que trouxeram, isso devido a suas cabeças estarem atordoadas pela situação de fuga.

Ao chegarem da rua, já passava das dezessete horas. Tomaram um banho e deitaram na cama para descansar e depois conversar um pouco. Assim, a Rosa perfumada pela primeira vez deitava em uma cama nos braços de um homem e esse homem foi o seu grande amor.

Eles na realidade não conversaram foi nada. Foram direto para as vias de fato, o sexo, e em poucos minutos ela não era mais o que sempre foi. Ela não era mais virgem.

Rosa Maria sentiu muito prazer e sentiu que não foi nada do que as suas colegas de escola diziam. O sexo foi, para ela, maravilhoso, sentiu-se realizada e mulher. Deu vontade de ir à janela do quarto, que dava para o mar e sentir, a brisa fresca e úmida que vinha lá do mar, que engolia os últimos raios solares que brilhavam naquele instante. Ela teve vontade de gritar bem alto na janela: "Eu sou a mulher mais feliz neste instante!". Ela gritaria o mais alto possível, que era para todo mundo ouvir.

Na sua casa, os seus pais perceberam que já era noite e não tinham visto a sua filha em casa. Começaram a ficar preocupados por ela não estar em casa. Foram até o seu quarto e notaram que na sua mesa de estudo estava tudo ali. Mas, no armário, as suas roupas estavam todas desarrumadas e faltando algumas peças.

Sem menos esperar, a sua mãe vê uma folha de caderno dobrada, que estava embaixo do pequeno abajur, era um bilhete e lá estava escrito:

"Queridos pais, não se preocupem comigo, eu estarei bem para o resto da minha vida. Eu estou fugindo com o meu namorado. Não sei para onde vou. Só sei que eu o amo e vamos ser felizes para sempre. Estou fazendo isso porque não tinha alternativa, pois ele nunca seria bem recebido aqui em casa.

Amos todos vocês que nunca sairão do meu coração.

Até nos vermos novamente. Eu estou vivendo uma aventura de amor e seja o que Deus quiser. Eu vou ser feliz para sempre. Beijos a todos. Rosa Maria".

Esse bilhete foi um choque para os pais. Eles simplesmente se abraçaram fortemente e choraram muito um no ombro do outro. Até que o pai disse:

— Eu fui o culpado disso, não quis ouvir a minha filha. Agora não tem como ser o contrário, o fato e o ato já aconteceram e nada mais eu posso fazer, ela já é maior de idade, é responsável pelos seus atos. Só espero que ela seja feliz na sua decisão. Não vamos incomodá-la, deixa ela ser feliz, ela escolheu isso. Deus vai olhar por eles. Para nós, faz de conta que nada disso aconteceu. Vamos apenas sentir os nossos corações magoados.

No domingo, início da tarde, o casal foi para a sua quitinete que ele tinha alugado para passar esse mês em Caruaru. Tudo deu certo, conforme o programado.

Todos os dias, na hora do almoço o pai Benjamim chegava em casa, era uma alegria para todos os três, ele falava para os filhos que o pai estava trabalhando muito e só voltaria amanhã. Foi dito para dona Aurora que tudo estava correndo bem.

Um mês depois ele estava de volta em definitivo na sua casa, com a sua nova esposa. A sua nova vida foi coroada de felicidade e alegria com os seus filhos.

#

Os anos foram passando e a vida de casados estava uma maravilha. Os filhos de Benjamim aceitaram de coração livre a Rosa Maria como a sua madrasta, e a dona Aurora encantou-se com ela. Tornaram-se muito amigas. A casa era só felicidade.

Passou um tempo de convivência, a Rosa Maria engravidou do seu primeiro filho. Ao nascer, recebeu o nome de Pedro Bento, foi uma alegria para todos, principalmente para a dona Aurora, que passou a cuidar dele como se fosse o seu primeiro filho que ela cuidaria desde o seu nascimento. As crianças alegraram-se com o seu novo irmãozinho.

Não demorou dois anos do primeiro parto, Rosa Maria engravidou novamente e nasceu uma linda menina, foi batizada com o nome de Maria das Graças. A partir dessa gravidez, o Benjamim disse que não iria mais ter filho, pois cinco já estava passando da conta.

A vida transcorreu como sempre a Rosa Maria desejara, era ela que administrava e organizava tudo na sua casa, e a dona Aurora fazia de tudo para agradar a todos, por ser sozinha na vida e não ter contato com os seus parentes. O sítio que era do seu pai e onde ela viveu e cresceu por toda a sua vida foi invadido, tomado dela, por um de seus sobrinhos que a expulsou da propriedade que era dela. Como era semianalfabeta, só desenhava o seu nome no papel, ela não conhecia nada dos seus direitos jurídicos, aceitou calmamente a situação e foi procurar um lugar para trabalhar e morar. Ela dizia que, graças a Deus, logo achou esse senhor maravilhoso que a protegeu e dizia para ela que a protegeria até o fim de sua vida. Essa decisão foi tomada por ele saber do carinho que ela dedicava aos seus filhos.

A vida foi passando e todos os cinco filhos foram crescendo e todos se tornaram ótimos alunos, eles recebiam o reforço escolar em casa com a sua madrasta e mãe Rosa Maria. Todos gostavam de estudar.

Benjamim tinha um carinho todo especial com a sua amada Rosa perfumada. Sempre nas datas comemorativas ele trazia flores e rosas das mais perfumadas e dizia que elas eram o perfume da sua amada, em carne e osso, a Rosinha das rosas. Ela gostava muito e achava que aquele amor duraria até o fim das suas vidas. Para ela o seu amor foi entregue a ele, até o último dia de vida do seu amado Benjamim.

O casal de filhos mais velhos sempre foi estudioso, fizeram concurso público para o Estado, passaram e foram trabalhar e morar em Recife. Foram viver a independência das suas vidas e não demorou muito os dois se casaram.

Os dois apaixonados viviam o amor profundo, mesmo quando Benjamim tinha que passar alguns dias fora da sua cidade a trabalho. Ele era o chefe do seu setor.

Todas as vezes em que ele viajava, no retorno trazia umas lembrancinhas para a sua amada, ela adorava e sabia que o seu amor estava sendo correspondido.

Os anos passaram, os cabelos brancos apareceram e o corpo começou a fraquejar, então Benjamim resolveu que era hora de se aposentar e viver só para a família. Ele achou que a sua missão estava cumprida. Os filhos todos crescidos e quase todos formados. Então ele comprou um pequeno sítio para passar o tempo, nos dias que estivesse aborrecido, sentindo a falta do seu trabalho.

Passados alguns anos de aposentado, Benjamim chegou aos seus sessenta e cinco anos e sua amada aos seus quarenta e cinco anos de idade.

Um dia, Benjamim acordou muito feliz e combinou que iria até o sítio dar uma volta para refrescar a sua cabeça e ver os seus passarinhos; no sítio tinha várias gaiolas com diversos pássaros cantadores da região. Ao final da tarde, estaria de volta. Isso sempre ele fazia. De repente ele dá um grito de dor e passa a sentir muita dor no peito, uma dor imensa que chegava a dificultar a sua respiração. Os filhos e esposa correram com ele para o hospital e teve que ficar internado por alguns dias, o seu caso era grave. Mas com a graça de Deus e muitas orações de todos, não demorou a sua internação. A sua Rosa perfumada não arredou os pés nenhum dia do hospital enquanto ele esteve internado. Todos os servidores do hospital admiraram o tamanho empenho e dedicação de sua parte em relação ao seu amado.

Passados alguns meses, Benjamim, já recuperado, chama a sua Rosa perfumada em particular no quarto e começa uma longa conversa, até que ele chega ao ponto que queria. Ele disse para ela que não conseguiria ter mais o apetite sexual como antes, ele não era mais o mesmo, ela não procuraria mais por ele para fazer sexo, pois estava doente e com 65 anos de vida, bem vividos. Ela concordou plenamente e aceitou a sua decisão. Rosa respondeu:

— É, meu velho, pelo tempo que estamos juntos valeu a pena as nossas aventuras amorosas. Foram tantas que nem me lembro mais, só me lembro dos grandes prazeres que tivemos.

Os anos foram passando e nada de sexo entre os dois. Agora, pelo menos uma vez por semana, Benjamim dizia para todos que iria ao sítio. Nesse dia ele tomava banho, trocava a roupa, se perfumava todinho, pegava uma gaiola com o passarinho e saía para o sítio. Final da tarde, ele chegava de lá com outra gaiola e a roupa amassada e toda empoeirada, a estrada para o sítio era só terra.

Um dia, a Rosa Maria pergunta para os filhos:

— Como pode seu pai, todas as vezes que vai para o sítio, ele toma banho e se perfuma todinho.

— Mãe — responderam os filhos —, ele sempre foi assim, sempre gostou de andar limpo e perfumado, ou a senhora já esqueceu? Veja só, todas as vezes que vai ao sítio, ele leva uma gaiola com um passarinho e volta com outra gaiola e outro passarinho. Ele realmente vai ao sítio.

— É mesmo, né! Eu estou pensando besteira! Ele está levando os passarinhos para ficarem uns dias lá no mato. O coitado, se não fosse os passeios com os passarinhos, o que seria dele?!

Benjamim, agora com seus setenta anos de idade e com a sua saúde um pouco abalada, sem menos esperar, passa mal e como sempre correm com ele para o hospital. Não deu tempo de fazer todos os exames necessários para saber os sintomas da doença e as consequências dela. No outro dia no final da tarde, sem menos esperar, o Benjamim, marido da Rosa Maria perfumada, teve uma parada cardiovascular e acabou falecendo em poucos minutos, era o final do dia, assim como foi também o final da sua vida, que encerrou junto com o dia.

Todos os membros da família receberam a notícia e se conformaram com a situação, mas a sua Rosa Maria não concordava com a sua morte. Ele fora a sua única e eterna paixão e profundo amor. Foi um desespero para ela. Foi difícil para se conformar com a morte do seu amado.

Com a morte do seu amado a Rosa Maria não se conformava, passava quase todo o dia chorando, com saudade dele. Ela só vivia deitada na rede que ele usava, pegou o pijama que ele vestiu pela última vez e vivia com o pijama enrolado no pescoço e cheirando-o a todo instante, e dizia:

— Benjamim, beija-a-mim agora neste instante. Eu continuo te amando. Por que você foi morrer?!

Essa notícia se espalhou para as suas amigas e parentes, muitos foram aconselhá-la para aceitar a situação, mas ela não queria saber de conselho de ninguém, pedia que a deixassem em paz. Ela não aceitava nem os conselhos dos seus próprios filhos.

Rosa Maria, que era toda perfumada, relaxou com a sua aparência. Não quis mais arrumar os seus cabelos, não fazia mais as unhas, relaxou por completo com a sua aparência e quase não saía de casa. Quando saía, não aceitava carona nem dos seus cunhados, que era para não ficar mal falada na cidade.

As suas colegas, muitas delas sabiam que o seu amado tinha outra mulher e sabiam das armações da gaiola com os passarinhos. Mas ninguém teve a coragem de dizer para ela. Se ela soubesse, ela poderia matá-los os dois, nesse ponto ela era geniosa.

Até que, um dia, um amigo da família da Rosa Maria chamou o seu filho e contou a verdade da traição do seu pai. Ele a princípio não acreditou e só teve fé quando o amigo falou da gaiola com os passarinhos e afirmou:

— Ele ia para a casa da amante, que era no caminho do seu sítio, e depois ia até o sítio trocar a gaiola com outro passarinho e voltava para a sua casa.

Nesse dia em que o seu filho ficou sabendo da traição do pai, fazia exatamente um mês da morte dele. A sua mãe foi cedo ao cemitério limpar seu túmulo e colocar flores que sempre ele gostou.

Ela, ao chegar do cemitério, eram quase dez horas, e o seu filho, assim que avistou a sua mãe, chamou-a de um lado e logo foi contando o fato para ela, da traição que ela sofrera por cinco anos seguidos.

— É verdade o que você está me falando?

— É sim, mainha! É pura verdade foi seu amigo que me falou. Ele não ia mentir. Nós sempre pedimos para a senhora mudar e a senhora nunca tomou nenhuma atitude, continuava a mesma.

— Esse cabra, metido a macho, não sabe com quem se meteu, vou lá agora!

— Mainha, a senhora vai aonde? — perguntou o filho.

— Eu vou acertar as contas com esse desgraçado é agora!

O filho se preocupou, não queria deixá-la sair de novo.

— Meu filho, me deixe em paz!... Esse é um assunto só meu! Fica em casa.

Ela voltou ao cemitério com uma faca escondida dentro de sua bolsa.

Chegando ao cemitério, ela retirou a faca e partiu para o túmulo do seu, agora, ex-amado, como ela chegou falando.

De imediato ela subiu ao túmulo, pisou nas flores que tinha levado pela manhã e chutou tudo fora, com a faca riscou todo o túmulo como se estivesse esfaqueando o seu ex-amado de agora por diante. A foto que tinha fixado no túmulo com a passagem bíblica, ela cortou com a faca e os dizeres ela riscou todo. Ela xingava-o de todo os nomes feios possíveis que ela conhecia.

Ela estava vestida de um vestido muito comportado. Com tanta raiva, ela com a faca em suas mãos, levantou o vestido cortou o cós dos dois lado da sua calcinha, retirou-a e jogou bem onde posicionava a cabeça do defunto e fez xixi bem em cima da calcinha e disse que era para ele ficar sentindo o cheiro dela.

— Aí está seu desgraçado, isso aí é para você ficar cheirando o que você não quis. Agora você está aí apodrecendo dentro desse túmulo e deve estar de boca aberta. Sabe o que vai acontecer daqui para frente? Eu vou dar bem muito, isso aqui o que você não quis mais. Ela batia com as suas mãos na sua genitália e abria as pernas bem onde ela urinou onde estava posicionada a cabeça, lá dentro do túmulo. Ainda tem mais uma coisa que você vai gostar de ficar sabendo. Vou dar bem muito isso aqui, gastando o seu dinheiro que você deixou de pensão para mim. É assim que se faz!... Entendeu?!...

Ela gritou bem alto, desceu do túmulo e retirou-se feliz da vida por se sentir realizada e vingada.

Ao sair do cemitério, ela encontra o zelador que lhe pergunta:

— A senhora está passando mal? Necessita de uma ajuda? Eu posso lhe ajudar?

— Não!... Muito obrigado, eu estou muito bem! Foi só uma raiva momentânea! Eu descobri que meu marido tinha uma amante e agora me vinguei!

— Mas, dona Rosa, muita gente sabia disso, inclusive ela é minha prima.

— Essa desgraçada é sua prima! Ele vai ganhar o que merece é agora! E é você quem vai me ajudar, vai usar o que ele não quis. Vamos ali na sala de recepção. É! "Quem guarda com fome o gato come".

Em águas turvas

A quietude da bela expressão da natureza transcorria silenciosa e encantadora. A aurora do dia que anunciava o início da manhã, antes do sol nascer, demonstrava que seria um dia com muito sol e um calor que incomodaria a jornada inteira.

O dia ainda não estava totalmente claro quando Orlando acordou e logo levantou da rede. Não foi possível dormir na velha cama, com o colchão que já passara por muitos janeiros. O velho colchão era recheado com capim e por isso tinha muitos caroços que o incomodavam durante o sono, nesses dias quentes. Era quase impossível conseguir dormir, devido à quentura causada pelo calor da noite. Por isso, ele dormiu tranquilamente com o mundo interior dos seus sonhos, na sua rede.

O quarto era muito simples e as paredes eram nuas: tinha apenas a cama encostada num canto e no outro (de uma parede para a outra) era armada a rede. Quase nunca era desarmada, estava ali sempre pronta para ser usada. Permanecia na espera de alguém vir a ocupá-la, a qualquer hora que desejasse, durante o dia.

Ao lado da cama tinha uma pequena mesa de tábuas, feita por ele mesmo. Servia apenas para colocar uma lamparina ou uma vela quando faltava a luz elétrica, na cidade. Havia também um pequeno mocho para sentar e era ali que Orlando fazia as suas orações antes de dormir, agradecendo a Deus e aos espíritos protetores por seus humildes pedidos. Ele era católico fervoroso, tinha uma fé muito grande nas graças do seu Deus. Passou a acreditar nos pedidos feitos devido às tantas vezes que foi obrigado a ir a Igrejas, levar a sua mãe nas missas que eram celebradas nas madrugadas, às cinco horas ou às seis horas, principalmente às sextas-feiras e aos sábados. Nesses dias, ele pôs a fé no seu coração.

Domingo era o dia que poderia dormir até mais tarde, coisa que nunca conseguia fazer, pois tinha o hábito de madrugar todos os dias.

Ao sair do quarto, vai até a cozinha pedir a bênção para a sua mãe, que nessa hora já recendia o cheiro forte do café que ela acabara de coar, e o cheiro era delicioso.

Ao avistar sua mãe logo foi pedindo a benção e disse para ela:

— Peço-lhe a sua bênção, minha mãe!

— Deus te abençoa!

— Meu filho, vá escovar os seus dentes e venha tomar o seu cafezinho — disse-lhe ela com muito carinho.

Após tomar seu café, ele olhou bem fundo nos seus olhos e disse:

— Mãe, esse café está maravilhoso e muito gostoso, parece que nunca tomei um café tão gostoso como este!

Orlando foi até ela e deu um forte abraço: foi um abraço carinhoso, parecendo como os abraços de despedida, de quando se parte para uma longa viagem. Ao se desfazer do longo e carinhoso abraço, beijou-lhe a face e disse:

— Sabe, mãe, hoje acordei com muita vontade de ir pescar. Nós vamos embarcar para a pescaria e só voltaremos na sexta-feira bem cedo, para distribuir os peixes para os feirantes e para os restaurantes que usam os pescados nas suas refeições. Nós vamos hoje que é segunda-feira e só voltaremos na sexta-feira, bem cedo. O gelo para a conservação dos peixes que levaremos no porão da chalana é protegido com pó de serragem de madeira, ele resiste e protege-os até voltarmos. Por isso, na sexta-feira, final da tarde tem que voltar. A viagem demora várias horas, pois são muitos quilômetros navegando no rio Paraguai até onde acampamos para fazer nossas pescarias. Lá, fica perto da baia Taiamã.

Orlando, com seus vinte e cinco anos de idade, era pescador. Ele não quis estudar. Estudou até a quarta série primária e não quis mais estudar o ginásio. Por isso ele resolveu ser pescador. Pescar era a sua paixão; aprendeu a pescar com o seu pai, que era construtor de chalanas e barcos artesanais usados para passeios ou pescarias.

Orlando disse para a sua mãe:

— Nós vamos entre seis pessoas: quatro pescadores, o dono da chalana e o cozinheiro. Não precisa se preocupar com nada para ir pescar lá no mato, não precisa levar quase nada, não tem precisão.

— Então aproveita e come mais um pouquinho para não sentir fome até a hora do almoço.

— Nós só vamos chegar ao fim da tarde. Temos muito a navegar, pois temos que descer o rio Paraguai, que é na fronteira do pantanal boliviano.

Assim que comeu, foi ao quarto e pegou dois sacos: um com as tralhas de pescaria e o outro com a sua rede, coberta, um casaco leve, as poucas roupas de mato já bastante usadas, um tubo de pasta, escova de dente, um sabonete (para a higiene pessoal, retirando o cheiro de peixe impregnado em seu corpo) e um remo.

Calçado com um par de chinelos de borracha, uma velha camisa de manga comprida (para proteger das nuvens de mosquitos) e uma calça já puída pelo tempo de uso, ele vai indo embora para pegar a canoa e remar até o encontro com a chalana que já estava pronta à sua espera. A distância era curta.

Orlando olha para trás, vê sua mãe olhando para ele. O olhar dela era triste e os seus olhos estavam fixos na figura do filho, que começa a se distanciar. De seus tristes olhos escorreram lágrimas que rolaram pela sua face.

"Só verei meu filho na sexta-feira. Então só poderei ir à missa no sábado", pensou ela.

— Mãe! Estou indo com ajuda de Deus. Vou pescar muitos peixes e voltarei em breve. Deus me ajudará, tenho fé.

Chegando ao rio, desatrelou a canoa que estava bem na beira d'água, colocou os pertences dentro dela e remou até a chalana, ancorada não muito distante, atrelando nela a sua canoa, para seguirem a viagem.

Sua mãe, após algum tempo, ficou olhando para o rio para ver se via a chalana passar e talvez visse o seu filho pela última vez, até a sua volta. Da porta da sua casa tinha visão de uma parte do rio.

Ela ficou um bom tempo ali, mas não viu a chalana seguir o seu destino.

Após esse tempo de espera na porta, nada viu, então recolheu-se para o seu quarto e, em frente ao nicho onde estavam as imagens, dos santos da sua fé, ela fez as suas reflexões das orações que eram de costume, desejando uma proteção divina até o retorno do seu filho.

A chalana, com todos os pescadores a bordo, seguiu viagem descendo o rio Paraguai até o acampamento.

#

A viagem demorou algumas horas. Chegando ao acampamento, foram armando uma grande barraca e logo os quatro pescadores armaram suas redes, com os seus mosquiteiros. O dono da chalana e o cozinheiro dormiam dentro da chalana. A cozinha era na parte traseira da chalana. Ali eram feitas as comidas sem nenhum problema. Geralmente era cozinhada carne, peixe, arroz e feijão. Nada mais: isso era o que todos gostavam de comer. Eles não tinham o hábito de comer verdura, legumes ou saladas. Eles diziam em tom de brincadeira que não eram coelho para comer folhas.

Em seguida foram buscar um pouco de lenha e gravetos para acender uma fogueira, para impedir a aproximação de qualquer bicho que porventura ali aparecesse. Todos os animais temem um fogo aceso.

A instalação desse acampamento era numa pequena entrada, no braço do rio, a quase um quilômetro do rio. Ali estavam protegidos de tudo, da correnteza do rio, de outros barcos pesqueiros, e perto do local onde era bom pescar, devido à grande área da mata inundada, com muitas baías, que sempre tem muitos peixes. Essas baías servem de berçário para as desovas das grandes espécies de peixe que vivem no Pantanal, como o pintado, o pacu, o dourado, o bagre, o mandi, o curimbatá, a piraputanga, a piranha, a corvina etc.

Como ainda era dia claro, Orlando disse que iria pescar uns peixes para cozinhar na janta; ele estava com vontade de comer peixe ao molho.

Orlando pegou um pedaço de toucinho de porco seco ao sol que são usados para derreter transformando em banha, para poder usar na cozinha, pegou uma peneira e ali mesmo fez a ceva, esmagando o toucinho na água, fazendo um borbulhar com as suas mãos, e assim pegou os pequenos lambaris e piquiras, Orlando peneirou uma quantidade desses pequenos peixes que serviria de isca, para pegar o que ele queria comer.

Distanciou poucos metros de onde estava nesse braço de rio e ancorou numa moita de aguapé e começou a pescar. Logo, em menos de uma hora, ele pegou cinco bagres, três mandis e uma piranha-vermelha. Assim que voltou, disse para o cozinheiro:

— Aqui está! Faz essa peixada para a janta, os peixes já estão limpos, estou querendo comer um peixe — disse Orlando.

O cozinheiro respondeu:

— Eu também quero comer peixe!

Assim foi feito e todos jantaram uma deliciosa peixada, nessa primeira noite no acampamento dos pescadores.

Todos têm o costume de dormir muito cedo. Basta escurecer e logo após jantarem vão para rede descansar. Não existe nem um rádio a pilha para escutar músicas ou pequenas notícias; as frequências das rádios, no meio do Pantanal, são difíceis de serem captadas e, portanto, não são detectadas pelos rádios.

#

Agora todos teriam que levantar cedo e dar início a pescaria, que prolongava até aproximadamente às onze horas, hora em que o sol começava a ficar muito quente; nessa hora os pescadores voltavam à chalana para armazenar os peixes. Eles já traziam os peixes limpos.

Após o almoço — depois de um bom descanso —, por volta das quinze horas, todos retornavam para a pesca até o anoitecer.

A mata é densa e alagada com o nível de água a mais de um metro de profundidade. Tal mata é um prolongamento do Pantanal e por isso forma muitas baías nessa época das cheias e existem também muitos aterros não muito largos. Esses aterros, por seu formato e pelo material com que foram construídos, têm-se a impressão de que foram feitos por mãos humanas. Diziam que foram feitos por mãos indígenas, que habitaram essa região há muito tempo, no passado. Neles já foram encontrados pedaços de cerâmica muito antiga.

O pescador, para aventurar-se nessas matas, tinha que ter cautela, fazendo observações, marcando o caminho navegado para poder retornar. Esse era o cuidado primordial. Se não fizesse isso poderia ficar em apuros sem saber fazer o caminho de volta para o acampamento.

Chegou a sexta-feira, era o último dia de pescaria.

Orlando, nesse momento de embarque, disse para os colegas que não dormiu confortavelmente. Teve muitos sonhos que na realidade foram mais pesadelos do que sonhos.

— Vejam só, sonhei que em vez de andar os meus passos me proporcionavam um levitar, parecia que eu não estava neste nosso mundo, na nossa terra. Era tudo muito diferente, as pessoas tinham atitudes diferentes das nossas, só falavam de amor, em ajudar ao próximo e na lei do retorno. Suas roupas eram coloridas e com um brilho que pareciam muito limpas e cheirosas; diferente das minhas, que sempre cheiravam a peixe. Eles estavam me levando para um lugar que eu desconhecia, mas, nessa hora, acordei pelo susto que tive (quando percebi que levitava, pela primeira vez, após alguns segundos levitando ao lado de todos), tive medo de cair e esse movimento me fez acordar. Abri os olhos e só vi as árvores na escuridão e o braço do rio onde estava ancorada a chalana. Tudo era silencioso, proporcionado pela negra escuridão. Vi também a fogueira acesa lá fora da barraca de lona onde todos dormiam. Depois desse susto, tive de rezar vários "Pai Nosso e Ave Maria", que me fizeram dormir novamente. Nessa hora lembrei muito de minha mãe.

— E agora como você está se sentindo?

— Está bem? Dá pra ir pescar? — Perguntou seu amigo Toninho.

— Claro que vou pescar, eu estou bem! Foi só um sonho, nada mais do que isso.

— Nós voltaremos depois do almoço para a cidade, pois temos que levar os peixes para serem distribuídos.

Após terem comido "arroz carreteiro ou carne com arroz" e mandioca cozida, no "quebra-torto", todos embarcaram em sua canoa e foram pescar mato adentro.

Durante o período de pescaria, os mantimentos levados para o abastecimento da subsistência são muito simples, geralmente levam carne salgada e seca ao sol, arroz, feijão, mandioca, batata-doce e toucinho de porco, para ser transformado em banha. As ervas para o tempero eram cultivadas em pequenos vasos ou em latas, que o cozinheiro fixava com pregos na lateral traseira da chalana, pois assim, elas sempre permaneciam fresquinhas para o consumo.

    Ao saírem, ficou combinado que todos voltariam perto do meio-dia, na hora em que o sol estivesse a pino, e logo depois do almoço retornariam à cidade para distribuir a mercadoria.

    Os três colegas pescadores tomaram o rumo desejado e foram pescar, desceram um pouco o rio Paraguai e adentraram na mata, não podiam ir muito longe.

    Orlando não seguiu os colegas. Ele subiu o braço do rio e penetrou mata adentro. Penetrou num local oposto ao dos colegas e logo percebeu que nunca estivera ali. Tudo o que registrou a sua mente era diferente. Ele percebeu que de repente estava num mundo diferente e em estado espiritual muito confortável, uma paz interior e um conforto muito grande, como se estivesse em estado de graça, em êxtase. Ele estranhou esse momento em que só tinha vontade de remar e seguir adiante. Percebeu que o caminho que estava seguindo era maravilhoso e uma luz muito forte iluminava a sua mente para um local desconhecido. O prazer era imenso.

    Sem menos esperar, sem saber o tempo que já se passara, ele percebeu um clarão à sua frente, era uma grande baía, não era mais aquele ambiente com pouca luz da mata fechada.

    Orlando não sabia onde estava. Percebeu que nunca estivera nessa baía de água tão negra. O tempo foi passando e Orlando se desligou do fato de ter que voltar com o sol a pino, para almoçar e seguir viagem de retorno para a cidade com seus companheiros.

    Os três colegas de Orlando retornaram no tempo combinado. Já estavam esperando por um bom tempo e nada dele aparecer.

    Combinaram então que a chalana seguiria para a cidade com o dono e o cozinheiro, os três pescadores ficariam para procurar o amigo.

A chalana retornaria no domingo para procurar pelo amigo Orlando, caso ele não tivesse aparecido. Os três colegas não se preocuparam com a alimentação, ficariam e comeriam somente peixe assado, pescado ali.

A chalana seguiu para a cidade, e logo os três foram em busca do Orlando. Essa era uma busca muito difícil por não saber por onde se meteu e qual o rumo que tomou.

Procuraram até escurecer e não encontraram nenhuma pista dele.

Chegando ao acampamento, foram assar os peixes para comer e logo dormir para descansar e no outro dia, bem cedo, sair à procura do amigo.

A chalana retornou no domingo ao escurecer e o dono ficou desesperado em saber que até então não haviam encontrado Orlando.

Os três pescadores não retornaram à pesca. A missão era achar o amigo sumido. Passaram três dias fazendo busca e nada encontraram. Resolveram então ir embora para a cidade e avisar as autoridades policiais e a sua família.

Chegando à cidade, logo foram à casa dos pais do Orlando para contar o fato, e depois foram comunicar as autoridades policiais e pedir ajuda para fazer uma busca mais intensa na região. A decepção foi muito grande quando as autoridades policiais informaram que essa solicitação era impossível de ser cumprida, pois o setor não possuía meios para fazer tal busca.

Os amigos retornaram em um barco menor e ficaram mais três dias procurando e nada encontraram. Chegaram à conclusão de que era impossível encontrá-lo, resolveram ir embora e deixar o local para sempre. Fizeram várias orações em nome do amigo e lhe desejaram muita proteção divina e ajuda espiritual.

Despediram-se mentalmente do amigo e retornaram à cidade, concluindo que ele já estaria sem vida, pelos dias que se passaram. Lágrimas sofridas escorreram por suas faces.

Chegando a cidade, de imediato foram avisar os pais de Orlando, informando que procuraram esses dias todos e não tiveram sucesso, pois não tinham noção por onde ele se metera na grande mata pantaneira que por ora estava toda alagada.

A mãe de Orlando disse para os três amigos que foram avisá-la:

— Eu tinha certeza de que isso aconteceria, pois, no dia em que ele se foi, eu percebi que estava diferente, fazendo coisas que nunca fizera antes. Coração de mãe não se engana.

Os três amigos combinaram com a sofrida mãe de Orlando que iriam buscá-la por sete sábados seguidos e levá-la para orarem na missa das seis horas da manhã, na igreja Nossa Senhora do Perpétuo Socorro, onde ele levava a mãe todos os sábados. Assim o fizeram. Oraram muito para o espírito desencarnado do grande amigo.

#

Orlando, pelo seu desconhecimento, penetrou na *BAÍA DO CAI-CAI*. Essa baía todos dizia folcloricamente que era a *"Baia do Cai-Cai, de onde quem nela entra dificilmente SAI"*.

Realmente era uma baía anormal. Era grande, com água muito escura, quase negra, e nela se formavam muitas moitas ou tufos maciços de plantas arvorecentes ou rasteiras, que eram verdadeiras ilhotas flutuantes, formadas por capim nativo da própria ilha, "paratudo, embaúba, sarã" e muito aguapé. Esses tufos eram densos e movidos pelo vento, assim aquele desavisado que nela penetrasse tinha que fazer a sua marca de entrada como referência, caso contrário não saberia localizar o local de saída.

Isso pode ter acontecido com o pescador Orlando.

Tempo depois, um grupo de pescadores que por lá foi pescar encontrou uma canoa à deriva, encalhada no meio de um tufo da ilha. Dentro dela havia as pequenas varas de pescar na mata, linhas, anzóis e nada mais. Faltava o remo e sua faca...

Orlando estava sozinho e pagou com a própria vida a imprudência por ter entrado na "*Baía do Cai-Cai, de onde quem nela entra dificilmente sai*".

— Fiquei com pena pelo que aconteceu com ele. O corpo dele, ou melhor, os ossos dele devem estar no fundo dessa quase negra baía — disse um dos pescadores. A canoa vai ficar aí com ele para sempre.

Será!?